Sonja Bullen

1000 Gefühle

Herzflattern auf der Klassenfahrt

Sonja Bullen fühlt sich seit frühester Kindheit zu Büchern hingezogen, findet in ihnen Entspannung, Trost und gute Laune. Nun ist sie selbst Autorin, hat bisher diverse Mädchenbücher verfasst und freut sich jeden Tag darüber. Sie wohnt mit ihrem Mann, ihren beiden Kindern und einer treuen Labradorhündin in der Nähe von Bremen.

Sonja Bullen

1000 Gefühle
Herzflattern auf der Klassenfahrt

Mit Illustrationen von Carolin Liepins

Ravensburger Buchverlag

Als Ravensburger Taschenbuch
Band 52564
erschienen 2016

1 2 3 4 5   E D C B A

Originalausgabe
© 2016 Ravensburger Buchverlag Otto Maier GmbH
Illustrationen: Carolin Liepins
Umschlaggestaltung: Maria Seidel,
unter Verwendung von Motiven von © AnnaSivak/Thinkstockphoto
und © neyro2008/Thinkstockphoto
sowie Illustrationen von Carolin Liepins

Alle Rechte dieser Ausgabe vorbehalten durch
Ravensburger Buchverlag Otto Maier GmbH
Postfach 18 60, D-88188 Ravensburg

Printed in Germany
ISBN 978-3-473-52564-5
www.ravensburger.de

Inhalt

Auf an die Nordsee   7

Labyrinth der Gefühle   19

Kein Dreamteam   33

Spuren im Sand   37

Wie ein Traum   48

Happy End im Reisebus   50

Zickenkrieg mit Folgen   54

Eine neue Freundin   56

Der Anti-Zicken-Plan   59

Wuschelhaare und Wangenkribbeln   65

Lennas große Chance   69

Überraschung!   74

Voll verknallt   81

Best Friends Forever?   90

Neues Zimmer, neues Glück   95

Ende gut, alles gut?   102

Drama-Queen   107

Besser spät als nie   114

Nächste Station: Wolke 7   120

Zickenalarm   126

Tränen der Wut   134

Ein besonderes Fundstück   138

Sorge um Hinki   143

Ein Herz für Tierfreunde   151

Psychotest   156

Auf an die Nordsee

„Ich glaube, ich schaffe das doch nicht!" Lenna knuffte Ava in die Seite und deutete mit einem unauffälligen Nicken in Richtung der Turnhalle. Von dort aus steuerte Tim lässig auf den Haupteingang der Schule zu. Gerade eben hatte sich Lenna noch so stark gefühlt.

„Du kannst doch auch einfach noch bis zur Klassenfahrt warten! Auf die paar Tage kommt es jetzt auch nicht mehr an", versuchte Ava, ihre Freundin zu trösten.

„Du hast ja recht. Ich hätte mich jetzt sowieso nicht getraut, ihn anzusprechen. Es ist nur, na ja, irgendwie wollte ich auch mal so mutig sein wie du, wenn es um einen Jungen geht. Für dich ist das irgendwie alles kein Problem. Ich wollte einfach gern etwas zu ihm sagen, was ihn umhaut." Lenna legte den Kopf auf Avas Schulter.

„Verstehe ich ja, aber wenn du immer so aufgeregt bist,

7

kommt sowieso nichts Gutes dabei raus. Auf der Klassenfahrt kannst du Gas geben mit Tim. An der Nordsee und mit Urlaubslaune ist es bestimmt leichter als hier. Und ich werde gleichzeitig Shaun endlich mal klarmachen, dass er und ich bestens zusammenpassen." Ava gab Lenna mit dem Ellbogen einen sanften Stoß in die Seite. Lenna lachte und hakte sich sofort bei ihrer besten Freundin unter, als sie sah, dass Tim direkt auf sie zukam.

„Was mach ich denn jetzt?", hauchte Lenna in Avas Ohr.

„Lächeln und cool bleiben!"

Ava hatte echt gut reden. Lenna gab ihr Bestes, trotzdem sah sie bestimmt eher aus wie jemand, der gleich unter schmerzenden Seitenstichen zusammenbricht, anstatt Selbstsicherheit auszustrahlen. Tim war für Lenna der tollste Junge überhaupt, aber wie sollte sie ihm das nur zeigen? Was hatte er überhaupt vor? Er wurde immer schneller und sein Grinsen breiter. Wollte er ihr etwas Wichtiges sagen? Lennas Beine fühlten sich an wie Wackelpudding und ihr Herz fuhr kreischend Loopings. Ava dagegen war die Ruhe selbst. Klar, sie fand ja auch nichts an Tim. Zum Glück.

Lenna kramte in ihrem Kopf panisch nach den passenden Worten. Von „Hey Tim, wie läuft's?" bis „Hi, wollen wir uns nach der Schule treffen?" war alles dabei. Was dann herauskam war aber lediglich ein gequältes „Oh". Denn Tim lief direkt an Lenna vorbei, ohne auch nur einen Blick auf sie zu werfen. Na ja, vielleicht einen klitzekleinen. Aber das hatte sie sich bestimmt nur eingebildet, oder?

„Wie jetzt?", flüsterte Ava. Die beiden Mädchen drehten sich gleichzeitig nach Tim um. Er war mittlerweile bei einer Gruppe Jungen angekommen, die hinter Lenna und Ava auf dem Schulhof standen. Lenna war also gar nicht sein Ziel gewesen. Ava streichelte ihrer Freundin über den Rücken. „Mach dir nichts draus. Jungs fühlen sich unter Jungs am sichersten. Vielleicht hat er sich auch nur nicht getraut, dich anzusprechen. Das wird sich bald ändern!" Lina und Merle gesellten sich zu den Freundinnen.

„Hey Lenna, wie siehst *du* denn aus? Hast du einen Geist gesehen?", fragte Lina.

Lenna seufzte. „Na ja, so ähnlich."

Merle hüpfte aufgeregt von einem Bein aufs andere. „Ich zähle ja schon lange die Tage bis zur Klassenfahrt, und jetzt sind es nur noch vier! Apropos vier: Wir gehen in ein Zimmer, ist doch klar, oder?" Merle deutete auf die Mädels. Alle nickten eifrig, Ava strahlte.

„Es wird absolut super an der Nordsee, das hab ich im Gefühl."

Lenna war sich da nicht ganz so sicher. Ob sie Tim an der Nordsee wirklich näherkommen würde? Leider wurde sie schon unsicher, wenn sie nur an ihn dachte. Deshalb musste Lenna sich einfach gut vorbereiten. Während der nächsten Tage machte sie sich immer mehr Gedanken, was sie einpacken sollte. Am besten nicht zu viel und nicht zu wenig, aber trotzdem eine gute Auswahl für verschiedene Situationen. Lennas Mutter meinte, dass es im Frühling auch noch mal ganz schön kühl sein konnte am Meer. Neben dickeren Sachen brauchte Lenna aber natürlich

Wattoutfit!!!

auch etwas, womit sie Tims Aufmerksamkeit auf sich ziehen konnte.

Zwei Tage vor der Abreise hatte sie ihren Koffer zum hundertsten Mal wieder ausgepackt und alles aufs Bett geschmissen. Ava war da eher praktisch veranlagt. Als Lenna ihr am nächsten Tag ihr Leid klagte, legte Ava ihr beruhigend eine Hand auf die Schulter. „Pack einfach die Klamotten ein, in denen du dich am wohlsten fühlst, dann kannst du auch entspannt auf Tim zugehen. So wie heute. Du siehst super aus und bist ganz du selbst."

Plötzlich tauchte Shaun neben Ava auf. Und neben ihm Tim. „Hey Mädels!" Shaun strahlte wie so oft übers ganze Gesicht. Tim lächelte eher verhalten, aber dafür zuckersüß. Sei du selbst, so wie Ava gesagt hat, ermahnte sich Lenna, aber wie genau würde das denn aussehen?, fuhr es ihr durch den Kopf.

„Hey!", rief sie mit tiefer Stimme in die Runde, hob cool die Hand wie zum High Five und klang dabei wie ein leicht genervter Rapper auf Tour. Ava warf ihrer Freundin einen irritierten Blick zu, Shaun grinste schräg und Tim hob fragend eine Augenbraue. Wäre doch bloß schon ein Zurückspuler erfunden, mit dem man die letzten paar Momente rückgängig machen konnte. Lennas Gesicht kribbelte unerträglich. Zum Glück klingelte es in diesem Moment und Shaun und Tim gingen in Richtung Schulgebäude. Lenna wollte augenblicklich dort, wo sie stand, festwachsen, aber Ava riss sie mit sich. „Vielleicht solltest du doch ein paar außergewöhnliche Klamotten einpacken, nur so als Plan B." Sie lächelte schelmisch. „Na komm, jetzt lach mal wieder. Alles wird gut am Meer."

Bevor Lenna an diesem Abend einschlief, dachte sie immer wieder über den Tag nach und kam zu dem Schluss, dass es wirklich nur besser werden konnte mit Tim. Lenna erinnerte sich daran, wie er ihr zum ersten Mal so richtig aufgefallen war. Sie gingen seit der Grundschule in eine Klasse, aber bis zum letzten Herbst war er einfach immer nur irgendein Mitschüler für Lenna gewesen. Dann hatte er bei der Schulaufführung die Hauptrolle gespielt, und Lenna, die in der zweiten Reihe saß, konnte plötzlich ihren Blick nicht mehr von ihm lassen. Er kam ihr auf einen Schlag so anders vor, so unglaublich süß, und überhaupt, er sah richtig gut aus. Braune Wuschelhaare, groß, sportlich und dazu schlumpfeisblaue Augen. Ava, die Lenna seit dem Kindergarten kannte und der sie alles anvertraute, hatte zwar erst gelacht, dann aber gemerkt, dass Lenna es ernst meinte. Und vielleicht hatte Ava jetzt auch recht. Am Meer könnte Lenna Tim näherkommen. Sie stellte sich vor, wie sie mit ihm Hand in Hand am Strand spazieren ging. Ihre blonden Haare waren vom Winde verweht und Tim hatte nur Augen für sie.

Mit diesem wunderschönen Gedanken schlief Lenna ein.

Am nächsten Morgen herrschte ein großes Gedränge am Bus. Lenna fand Ava zwischen ihren Mitschülern, Eltern, Lehrern und einem Riesenberg Gepäck. Die Sonne strahlte und die Luft roch so wunderbar nach Frühling, dass Lenna nicht anders konnte, als umgehend in Urlaubsstimmung zu geraten. Auch Ava war nicht zu bremsen. Sie hüpfte aufgeregt auf der Stelle. „Ich sag es ja! Das fängt doch schon mal

gut an. Ich hoffe, wir bekommen das schönste Zimmer von allen."

„Sehen die in Jugendherbergen nicht irgendwie alle gleich aus?"

„Ja, klar, wahrscheinlich schon, aber vielleicht haben wir freie Sicht aufs Watt oder so etwas."

Lenna war vor allem an viel freier Sicht auf Tim interessiert. Ihre Mutter und Avas Eltern unterhielten sich angeregt und verstummten brav, als Frau Edelmaier ihre Stimme erhob. „So, ich bitte jetzt alle, ihr Gepäck an den Ladeklappen zu platzieren, sich zu verabschieden und dann einzusteigen."

Lennas und Avas Eltern liefen bereits auf sie zu.

„Passt gut auf euch auf, Mädels, und macht keinen Quatsch, okay?" Avas Mutter zwinkerte den beiden zu und herzte ihre Tochter, bevor Avas Vater dran war.

Lennas Mutter flüsterte ihrer Tochter noch „Genieß es!" ins Ohr, bevor sie Lenna mit Ava ziehen ließ. Die beiden fanden in der Mitte des Busses einen Platz in der Nähe von Lina und Merle. Die Jungs hatten sich ganz hinten breitgemacht. Die Freundinnen winkten ihren Eltern bei der Abfahrt zu.

„Jetzt geht es los!", raunte Ava und grinste, als der Busfahrer die Musik so laut aufdrehte, dass auch Frau Edelmaier hoffentlich erst mal eine Weile nicht zum Mikrofon greifen würde. Als sie nach knapp drei Stunden in Norddeich ankamen, tat sie das aber schließlich doch und gab ihre längst bekannten Verhaltensregeln zum Besten, ebenso die Aufforderung, sich bitte zügig mit dem Gepäck auf den zugewiesenen Fluren in Zimmern zusammenzufinden. „Es werden auch noch andere Klassen vor Ort sein und es wäre schön, wenn die Ankunftssituation schnell und übersichtlich über die Bühne gehen könnte."

„Die Ankunftssituation", äffte Ava Frau Edelmaier nach. „Typisch. Eigentlich ist sie ja ganz nett, aber manchmal könnte sie sich echt mehr entspannen."

Kaum rollte der Bus auf den Parkplatz, wurde es unruhig. Alle plapperten aufgeregt durcheinander. Lenna richtete sich auf.

„Na los, lass uns das beste Zimmer ergattern. Vielleicht sogar gleich neben Tim und Shaun. Wir müssen sie nur gut im Auge behalten."

Ava nickte und sah aus, als würde sie sich wie eine Sprinterin in Startposition bringen. Sobald der Bus angehalten und der Fahrer die Türen geöffnet hatte, konnte von einer „übersichtlichen Ankunftssituation" keine Rede mehr sein. Unglücklicherweise mussten Lenna und Ava noch warten, bis sie unten im Bus an ihr Gepäck gelangten, während einige der Jungs, darunter auch Tim und Shaun, bereits mit ihren Koffern fröhlich in die Herberge strömten. Zum Glück hielt der Herbergsvater gerade noch einen kleinen Vortrag, als Lenna und Ava endlich, ihre Koffer hinter sich herziehend, die Eingangshalle betraten. Die Herberge war hell und freundlich, wirkte noch recht neu und roch nach frisch aufgebrühtem Früchtetee.

„Ihr könnt euch über zwei Flure verteilen. Es stehen sowohl im zweiten als auch im dritten Stock Viererzimmer für euch zur Verfügung. Die Türen der freien Zimmer stehen offen. Also, noch mal herzlich willkommen und viel Freude an der Nordsee." Kaum hatte der Herbergsvater zu Ende gesprochen, ging es auch schon los. Es wirkte wie ein Rennen, bei dem jeder versuchte, der Sieger zu sein. Lenna war Tim auf den Fersen, natürlich so unauffällig wie möglich. Ava konzentrierte sich auf Shaun, Lina und Merle folgten ihnen, allerdings weniger zielstrebig. Tim und Shaun waren mit einer großen Gruppe Jungs unterwegs, die hinter einer Glastür plötzlich stehen blieb. Lenna und Ava stoppten vor einem bereits besetzten Zimmer und fingen mit den Mädels dort ein Gespräch an, damit es nicht zu auffällig war. Dabei ließen sie die Jungs aber nicht aus den Augen. Lenna beobachtete, wie sie nickten und sich trennten. Ava runzelte die Stirn. Shaun und drei andere Jungs nahmen schwungvoll die Treppen zur dritten Etage, Tim und die restlichen Jungen gingen den Flur zu einer noch offen stehenden Tür durch.

„Was soll *das* denn jetzt?", zischte Ava. Lenna scannte augenblicklich den Flur nach einem freien Zimmer ab und fand weiter vorne eins, gar nicht weit von Tims Zimmer entfernt. Sie rüttelte an Avas Schulter und deutete mit dem Kopf auf die Tür.

„Los, wollen wir da rein?"

Mittlerweile hatten auch Merle und Lina sie eingeholt. Avas Gesichtsausdruck verfinsterte sich.

„Aber Shaun ist in den dritten Stock abgezogen. Ich würde gerne dort nach einem Zimmer sehen! Bestimmt ist da auch noch eins für uns frei."

Lenna atmete tief durch. „Ach, Ava, bitte lass uns hierbleiben! Tu es für mich!"

Ava verschränkte die Arme vor der Brust. „Mann, warum sind die beiden denn auch nicht in ein Zimmer gegangen, das kapier ich so überhaupt nicht."

„Vielleicht hatten Luis und Linus mal wieder Stress und deshalb haben sie sich spontan anders aufgeteilt", überlegte Lenna.

Ava dachte nach. „Trotzdem, lass uns wenigstens oben auch mal schauen. Ich verspreche dir, dafür zu sorgen, dass du Tim trotzdem oft über den Weg läufst."

„Aber für dich ist es viel einfacher, auf Shaun zuzugehen, auch wenn ihr weiter voneinander entfernt seid! Du weißt doch, wie schüchtern ich im Gegensatz zu dir bin."

Avas Mundwinkel zogen sich nach unten. Merle trippelte betreten hin und her, während Lina angestrengt nachdachte.

„Dann müssen wir uns eben doch anders aufteilen, und du, Lenna, bleibst einfach hier! Und Ava geht in die dritte Etage." Einen Moment lang empfand Lenna diese Idee als ziemlich verlockend, besonders jetzt, da Tim sein Zimmer wieder verließ und über den Flur auf der anderen Seite schlenderte. Lenna bemerkte, wie Ava sie beobachtete. Sie stemmte ihre Hände in die Hüften und sagte scharf: „Du denkst also wirklich darüber nach? Seit Wochen reden wir über *unser* Zimmer auf der Klassenfahrt."

Oh, oh. Ava sah jetzt wirklich durch und durch sauer aus. Vor Wut kräuselte sich ihre Nase. Lenna wollte sie nicht verletzen und natürlich wollte sie ein Zimmer mit ihr teilen. Aber warum sollte sie denn ausgerechnet nachgeben, wo es doch für Ava eigentlich egal war, wo sie schlief? Bei ihrer offenen Art würde sie sowieso sehr bald mit Shaun zusammenkommen. Wenn Lenna in Tims Nähe bliebe, könnte sie ihm ständig einfach so begegnen und würde mit der Zeit vielleicht endlich lockerer werden. Lange würde das Zimmer neben Tim sicher nicht mehr freistehen. Gerade schnaubte Ava allerdings bedrohlich und fixierte sie mit ihrem Blick. Was sollte Lenna nur tun?

Wenn du der Meinung bist, dass Lenna nachgeben und mit Ava in Shauns Nähe ziehen sollte, lies weiter auf Seite 19.

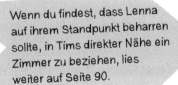

Wenn du findest, dass Lenna auf ihrem Standpunkt beharren sollte, in Tims direkter Nähe ein Zimmer zu beziehen, lies weiter auf Seite 90.

Labyrinth der Gefühle

Ava schnaubte schon wieder wie ein mürrischer Drache. Als Lenna in Linas und Merles angespannte Gesichter blickte, traf sie eine Entscheidung.
„Na ja, was soll's. Dann gehen wir halt in den dritten Stock." Lenna konnte ihre Enttäuschung nicht verbergen.
„Danke!", rief Ava und umarmte ihre Freundin überschwänglich. Und in diesem Moment wäre es sowieso zu spät gewesen, denn gerade hatten sich Mieke, Sarah, Amelie und Mia das Zimmer neben Tim geschnappt. Ausgerechnet Mieke, dachte Lenna noch traurig, als Ava sie auch schon mit sich zog.
Tatsächlich gab es ganz in der Nähe von dem Zimmer, aus dem Shaun gerade seinen Kopf streckte, noch Platz für die Mädels. Ava stürmte als Erste in den Raum. „Wundervoll! Na ja, nicht gerade Strandblick, aber das dahinten könnte der

49

Deich sein! Und riecht mal!" Ava riss das Fenster auf. Lina sprang auf das Hochbett am Fenster zu. „Wo möchtet ihr schlafen?"

Lenna zuckte mit den Schultern. „Mir egal."

Ava schloss das Fenster wieder und ging auf ihre Freundin zu. „Hey, ich war wieder mal ein bisschen impulsiv. Tut mir leid."

„Du hättest dem Zimmer unten wenigstens eine Chance geben können!"

Ava ließ die Schultern hängen. „Du hast ja recht. Aber bestimmt wird Tim auch oft hier oben bei Shaun und den anderen abhängen."

Lenna seufzte. „Das wäre aber umgekehrt vielleicht auch so gewesen."

Lina und Merle hatten sich mittlerweile ihre Schlafstätten ausgesucht, sodass für Lenna und Ava die Betten unten übrig blieben. „Möchtest du am Fenster oder an der Tür liegen?", fragte Ava in versöhnlichem Tonfall.

„Am Fenster", entgegnete Lenna bestimmt. Sie wusste, dass Ava am liebsten in Fensternähe schlief, aber Lenna diese Wahl zu lassen, war das Mindeste gewesen.

Das Schlimme war, dass Lenna ihrer Freundin selten länger als fünf Minuten böse sein konnte.

„Okay, na klar", antwortete Ava einsichtig.

Es klopfte. „In einer halben Stunde treffen wir uns alle unten im Aufenthaltsraum, sagt Frau Edelmaier." Es war Shaun hinter der Tür.

Ava öffnete sie und flötete: „Danke, bis gleich!" Die beiden standen eine Weile da und sahen sich nur an, bevor sich Shaun mit einem lockeren „Okay!" davonmachte.

„So hab ich mir das vorgestellt", schwärmte Ava. „Hat er nicht eine tolle Stimme?"

Lenna verdrehte gespielt genervt die Augen. „Na ja, Tims gefällt mir besser. Und deshalb hoffe ich auch, dass du dein Versprechen nicht vergisst und es schaffst, dass auch er hier bald mal anklopft."

„Ist doch Ehrensache." Ava grinste und legte einen Arm um Lennas Schulter.

Im Aufenthaltsraum hatte sich bereits der Großteil der Klasse versammelt, als Lenna, Ava, Lina und Merle eintrafen. Dann zählte Frau Edelmaier durch. „Jetzt fehlen nur noch ... Ah, da kommen sie ja."

Mieke und ihre Clique kamen gelassen hereingeschlendert. Lenna hatte nie viel mit ihnen zu tun, weil sie meistens unter sich blieben und gerne tuschelten. Außerdem hatte Lenna Mieke von Anfang an nicht ausstehen können. So ganz genau konnte sie nicht erklären, warum. Vielleicht war es ihr arroganter Blick.

„Also, ich hoffe, ihr habt alle ein passendes Zimmer gefunden. Ich werde gleich noch mal rumgehen. Ich schlafe im Erdgeschoss, genau wie Herr Becker, der heute Abend erst anreisen kann. Heute habt ihr den Rest des Tages zur freien Verfügung auf dem Gelände der Jugendherberge. Das Abendessen ist um 18 Uhr. Den Plan für unsere gemeinsame Woche werde ich hier aushängen, denn dieser Raum ist unser fester Aufenthaltsort. Ihr könnt euch den Plan gern vorab ansehen. Ich kann euch schon mal verraten, dass wir morgen zum Erlebnispark Norddeich aufbrechen werden. Herr Becker und ich haben uns überlegt, im Irrgarten eine kleine Rallye zu veranstalten."

„Ach du Schreck, ein Irrgarten. Na dann mal gute Nacht", flüsterte Lenna Ava zu, während Frau Edelmaier noch mit strengem Blick auf die Nachtruhe ab 21.30 Uhr hinwies.

„Das wird bestimmt lustig. Wenn wir zusammenbleiben, kann dir nichts passieren!", antwortete Ava und strahlte so sehr, dass sie Lenna damit ansteckte.

Da die Freundinnen nicht die Einzigen waren, die nur noch mit halbem Ohr zuhörten, sprach Frau Edelmaier jetzt lauter.

„Für alle, die Lust haben: Herr Becker lässt ausrichten, dass er für heute Abend ein Spieleturnier vorbereitet hat. Wer mitmachen will, bleibt nach dem Essen einfach im Raum. So, das war es erst mal. Viel Spaß! Und uns allen eine schöne Woche."

Den Rest des Nachmittags erkundeten Lenna und Ava das Gelände und fanden sofort ihren Lieblingsplatz, eine Bank gegenüber vom Haupteingang. Von hier aus hatten die beiden alle und alles bestens im Blick und genossen die Meeresluft. Avas rotblonde Haare leuchteten in der Sonne. Lenna

hatte am Eingangstresen einen Flyer von dem Erlebnispark entdeckt, zu dem es am nächsten Tag gehen sollte. „Guck mal, Ava, da gibt es auch Abenteuergolf. Das hätte ich besser gefunden, als durch einen Irrgarten zu trotten und irgendwelche Aufgaben lösen zu müssen." Sie blätterte hin und her. „Ja, irgendwie schon, aber auch ein Irrgarten kann doch Spaß machen. Vielleicht verirren wir uns ja zufällig gemeinsam mit Tim und Shaun?" Auf Avas Wange entstand ein verschmitztes Grinsegrübchen.
„Wenn du das so sagst, klingt der Ausflug für mich plötzlich schon viel besser", säuselte Lenna. „Wollen wir eigentlich bei diesem Spieleabend mitmachen?"

„Warum denn nicht? Herr Becker wird doch wohl hoffentlich gute Spiele dabeihaben. Der ist doch noch nicht so alt wie Frau Edelmaier", antwortete Ava.

Herr Becker hatte wirklich Spaßspiele mitgebracht. Weniger spaßig war die Tatsache, dass Mieke aus irgendwelchen Gründen mit Tim in einem Team gelandet war. Und jetzt spielten sie auch noch *Twister*, während Lenna, Ava und ein paar andere brav am Tisch *Bluff* spielten. Lennas Blick wanderte immer wieder rüber zu Tim und Mieke. Sie gaben ihr Bestes, um die Punkte auf dem Boden wie vorgeschrieben zu berühren und verrenkten sich dabei immer mehr. Als sie dann auch noch lauthals lachend und sehr dicht nebeneinander zusammenbrachen, war Lennas Laune im Keller. Ava war das natürlich nicht entgangen. „Bei der nächsten Runde gehen wir mit den Jungs in ein Team, okay?" Sie lächelte Lenna aufmunternd an, doch leider wurde aus ihrem Plan nichts.

Linus streckte seinen Kopf zur Tür herein und rief: „Hey, Tim, Shaun, Luis! Lust, noch 'ne Runde draußen zu kicken?" Das brauchte er nicht zweimal zu fragen. Schwupps, waren die Jungs verschwunden und damit auch Lennas Hoffnung, Tim heute Abend näherzukommen. Aber morgen im Labyrinth würde sie sich nicht so schnell abwimmeln lassen.

Beim Einschlafen dachte sie darüber nach, dass sie sich doch einfach an Tims Fersen heften könnte. Verirrte er sich, tat sie es auch. Fand er seinen Weg wie ein Weltmeister, würden sie gemeinsam die Rallye gewinnen, und so ein Erlebnis schweißte ja auch zusammen. Endlich konnte Lenna lächeln. Während Ava noch etwas in ihr Handy tippte, Merle ein bisschen schnarchte und Lina sich zum zigsten Mal in ihrem Bett herumwälzte, spürte sie, wie sich eine zufriedene Schwere auf ihren Körper legte.

Am nächsten Morgen packten sich alle beim Frühstück ein Lunchpaket und hatten gerade noch Zeit, um ihre Taschen für den Tag aus dem Zimmer zu holen, bevor sie sich vor der Herberge versammelten. Herr Becker stand etwas am Rand und beobachtete das Geschehen entspannt. Frau Edelmaier baute sich vor der Klasse auf: „Wir haben Glück, das Wetter ist heute auf unserer Seite! Wir gehen nicht länger als eine Viertelstunde zum Erlebnispark. Mitten im Irrgarten sind Rätselstationen aufgebaut. Wer als Erstes durch das Labyrinth gelangt ist und dabei auch noch alle Aufgaben gelöst hat, gewinnt einen Preis. Herr Becker und ich werden auf der Aussichtsbrücke in der Mitte sein, die auch das Ziel darstellt. Also,

bevor jemand völlig verzweifelt, geben wir euch von oben aus Tipps."

Lenna hatte Ava natürlich sofort nach dem Aufwachen in ihren Plan eingeweiht. Ava zwinkerte ihr zu. „Also, wenn dein Plan aufgehen soll, darfst du Tim keinen Moment aus den Augen lassen. Falls Shaun und er schon wieder getrennte Wege gehen, werden wir das auch tun, meine Süße, aber so haben wir es ja abgemacht, oder?" Ava wollte sich wohl lieber noch mal vergewissern, nachdem sie schon über das Zimmer bestimmt hatte.

„Genau!" Lenna war fest entschlossen. Aber so einfach, wie sie es sich vorgestellt hatte, war es dann doch nicht. Ava war irgendwo hinter ihr, um sich an Shaun zu hängen. Tim und Linus hatten sich zusammengetan und legten gleich von Anfang an ein derartiges Tempo vor, dass es Lenna schwerfiel, unauffällig zu folgen. Sie versuchte zwar, Tim im Auge zu behalten, musste aber teilweise rennen, denn er hatte es sich wohl wirklich zum Ziel gesetzt, zu gewinnen. Bei der ersten Rätselstation angekommen, drehte er sich um und Lenna blieb schlagartig stehen, damit er nicht bemerkte, dass sie ihm folgte. Sie schnaufte wie eine Dampflok und schimpfte in Gedanken mit sich selbst, warum sie nicht mehr Sport machte.

„Hey, du bist aber schnell!", rief Tim fröhlich.

„Mmmh, ja!", war alles, was Lenna in ihrer Atemnot rausbrachte. Tim las die Rätselaufgabe, die sich vor einer Hecke auf einer kleinen Tafel befand. Linus überließ die Arbeit seinem Freund. „Ah!", raunte Tim und notierte sich etwas auf seinem Zettel. Dann setzte er sich wieder in Bewegung, also blieb Lenna gar nichts anderes übrig, als die Rätselaufgabe auszulassen. Aber sie hatte ja auch ihre ganz eigene Challenge. Zurzeit schienen sie in Führung zu liegen, denn neben ihnen waren nur Leute unterwegs, die Lenna nicht kannte. Allerdings hörte sie kurze Zeit später Lina und Merle hinter einer der Hecken fluchen.

„Au Mann, nicht schon wieder!"

Lenna grinste, wandte ihren Blick kurz nach rechts, um sich dann wieder auf den Weg zu konzentrieren, aber Tim und Linus waren auf einmal verschwunden. Sie mussten abgebogen sein! Lenna rannte ein Stück, doch plötzlich gab es zwei Möglichkeiten, den Hauptweg zu verlassen. Mist! Wieso hatten die Jungs es auch so eilig! Ja, gewinnen war nett, aber das war dann doch ein bisschen übertrieben. Während Lenna noch überlegte, ob sie nach rechts oder links abbiegen sollte, überfiel sie ein heftiger Seitenstich. Zu allem Übel flötete jetzt auch noch Frau Edelmaier von der Aussichtsplattform: „Bleib dran, Lenna! Du bist ganz nah am nächsten Rätsel!"

Ja, unglaublich toll. Viel wichtiger war allerdings, wie nah sie wohl an Tim dran war, aber das konnte sie Frau Edelmaier ja kaum fragen. Ihr blieb also nichts anderes übrig, als alle Wege auszuprobieren, bis sie wieder auf die anderen stieß. Es verging wertvolle Zeit, und Lenna entdeckte weder weitere Rätselstationen noch Tim. Dafür erspähte sie irgendwann Ava, die locker plaudernd mit Shaun ihrer Wege ging.

Lenna begegnete weiteren Klassenkameraden, manche mehr, manche weniger begeistert, doch Tim blieb verschollen.

Bis Frau Edelmaier aufgeregt „Es gibt einen Gewinner, also, zwei sogar!" nach unten rief und die Lösungszettel in die Höhe hielt. Das war doch jetzt echt nicht wahr. Neben ihr auf der Plattform thronten Tim und Linus, die grinsten wie Honigkuchenpferde. Lenna warf Ava, die ebenfalls sehr überrascht aussah, einen fragenden Blick zu.

„Und da ist ja auch schon die Nächste!" Frau Edelmaier war bester Laune. Lenna nicht. Denn *die Nächste* war doch tatsächlich Mieke. Und die stand nun neben Tim auf der Empore wie eine Königin, die sich von ihrem Volk feiern lässt. Ava entfuhr ein „Nee, oder?", Lenna hingegen war einen Moment lang wie erstarrt. Wie konnte das denn so nach hinten losgehen? Stand Mieke wirklich auch auf Tim? Bevor Lenna sich überlegen konnte, wie sie damit umging, musste sie erst mal den Ausgang finden. Und weil das bei ihrem Orientierungssinn zum Scheitern verurteilt war, solange sie allein ging, blieb sie weiterhin bei Ava und Shaun. Die lösten noch jedes Rätsel, was ihnen auf dem Weg zum Ziel unterkam, einfach so zum Spaß. Lenna jedoch war der Spaß irgendwie vergangen. Als sie endlich auf der Empore ankamen, hatte es ein Großteil der Klasse bereits dorthin geschafft. Frau Edelmaier warf einen Blick auf Lennas leeren Zettel und verzog das Gesicht. „Nicht eine Aufgabe, Lenna? Das ist aber schade. So schwer waren die doch gar nicht."

Lenna schluckte das runter, was sie am liebsten geantwortet hätte. Auf dem Weg zurück zur Jugendherberge gingen Mieke und Tim nebeneinander her und unterhielten sich. Ava griff nach Lennas Hand. „Also, Süße, gib nicht auf. Ich habe gerade mitbekommen, dass Frau Edelmaier schon heute Abend die Teams für die Fotosafari morgen zusammenstellen will. Und ich hoffe doch, du wirst mit Tim in einem Team sein!"

Ava blickte ihre Freundin so hoffnungsfroh an, dass Lenna einfach lächeln musste. „Du hast recht. Und auf das Fotografieren hab ich mich sowieso von allen Sachen am meisten gefreut."

„Schon besser", raunte Ava und strich Lenna über den Rücken. „Mieke ist bestimmt eh nicht sein Typ."

Das war zwar süß von Ava, aber schwer zu glauben. Denn so wie Mieke aussah, war sie wohl der Typ jedes Jungen. Lange braune Haare, eine kleine süße Nase, dunkelbraune, durchdringende Augen, dazu ein einnehmendes Lächeln. Aber das war nun mal nicht alles, worauf es ankam. Lennas blonde lange Haare waren zwar manchmal etwas eigenwillig, weshalb sie sie oft in einem Zopf trug, und sie war auch nicht so groß wie Mieke, aber immerhin hatte sie grüne Augen, und das als einziges Mädchen in der Klasse. Auch Ava fand den ganzen Nachmittag über Dinge, die an Lenna besonders waren, und wurde nicht müde, ihrer Freundin mitzuteilen, dass Lenna die einfühlsamste Person überhaupt war.

Nach dem Abendessen trommelte Frau Edelmaier ihre Klasse zusammen, bevor alle davonliefen. „Also", sagte sie feierlich, „morgen habt ihr den ganzen Tag für euer Fotoprojekt zur Verfügung. Dazu solltet ihr euch jetzt bitte in Viererruppen zusammentun und gleich mal besprechen, was das Thema sein soll, das ihr umsetzen wollt. Es sollte in irgendeiner Form mit dem Wattenmeer zu tun haben. Wenn ihr dann alles geklärt habt, könnt ihr morgen nach dem Frühstück direkt in den Gruppen loslegen."

Lenna atmete tief durch. Im Raum herrschte auf einen Schlag ein großes Durcheinander. Tim stand an der anderen Seite des Raumes neben Linus, Shaun und Luis. Mist, dachte Lenna. Die sind schon eine Viererruppe! Trotzdem nahm sie nach einem aufmunternden Nicken von Ava all ihren Mut zusammen und ging entschlossenen Schrittes auf Tim zu. Das tat auch Mieke, ihre Freundin Amelie im Schlepptau. Verdammt! Lenna ging schneller, aber Mieke hatte aufgrund ihrer langen Beine einen Vorsprung. Ava feuerte ihre Freundin an. „Na los, schnapp dir dein Team!"

Mieke war schon bei Tim, stellte sich mit Amelie demonstrativ neben ihn und warf affektiert ihre Haare zurück. Sie musterte Lenna abschätzig. Lenna musste sich blitzschnell entscheiden! Sollte sie sich einfach dazustellen, Mieke ignorieren und Tim direkt fragen? Eigentlich war ihr dieses Getue viel zu blöd. Andererseits war die Fotoaktion *die* Chance, einen ganz besonderen Tag mit Tim zu verbringen.

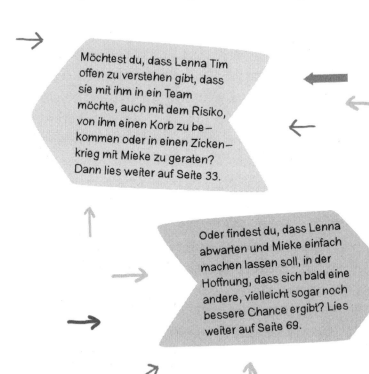

Möchtest du, dass Lenna Tim offen zu verstehen gibt, dass sie mit ihm in ein Team möchte, auch mit dem Risiko, von ihm einen Korb zu bekommen oder in einen Zickenkrieg mit Mieke zu geraten? Dann lies weiter auf Seite 33.

Oder findest du, dass Lenna abwarten und Mieke einfach machen lassen soll, in der Hoffnung, dass sich bald eine andere, vielleicht sogar noch bessere Chance ergibt? Lies weiter auf Seite 69.

Kein Dreamteam

Mutig blickte Lenna Tim direkt in die Augen und stellte sich wie selbstverständlich an seine freie Seite. Als sie Mieke einen Blick zuwarf, der ausdrückte, dass sie sich von ihr nicht einschüchtern ließ, wunderte sie sich über sich selbst.

Ava verwickelte Shaun in ein Gespräch. Er schien sich sehr zu freuen und nickte Tim kurz zu. Es entstand also gerade eine Gruppe mit Shaun, Luis, Ava und der schüchternen Marie, die sonst nirgendwo so richtig dazugehörte. Überall fanden sich mühelos Gruppen zusammen und nur Tim, Lenna, Linus und Mieke waren noch übrig. Tim sah überrascht aus. „Dann sind wir also eine Gruppe!", stellte er fest und konnte nicht verbergen, dass es ihm gefiel, gleich von zwei Mädels belagert zu werden. Linus warf Shaun und Luis einen sehnsüchtigen Blick zu. Anscheinend hätte er ein reines Jungsteam der Zusammenarbeit mit zwei Mädchen vorgezogen.

GERMANY'S NEXT TOPMIEKE

"Wollen wir uns zum Besprechen da hinten hinsetzen?", fragte er leicht angesäuert.

"Na klar!", rief Mieke ein bisschen zu laut und schritt voran. Dabei wackelte sie mit den Hüften, als wäre sie gerade bei *Germany's Next Topmodel* auf dem Laufsteg. Das wurde ja immer bekloppter. Ava beobachtete Lenna von der anderen Ecke des Raumes aus und hielt ihren ausgestreckten Daumen in die Höhe. Ja, Lenna hatte es geschafft, endlich etwas mit Tim zu machen. Wenn nur diese Mieke nicht wäre! Als hätte die Lennas Gedanken gehört, startete sie direkt mit einer Kampfansage. "Na, Lenna, wollte Ava nicht mit dir in eine Gruppe? Ihr seid doch sonst unzertrennlich!"

Linus verdrehte die Augen. Lenna ermahnte sich, bis drei zu zählen, bevor sie antwortete, aber Linus kam ihr zuvor. "Können wir uns vielleicht mal eben einigen, was wir morgen für ein Thema nehmen wollen? Ich hab keine Lust, hier ewig zu sitzen."

"Gute Idee", antwortete Lenna, die dankbar war für Linus' Einwurf. "Wie wär's mit *Spuren im Sand?*"

"Nee, echt süß", hüstelte Mieke.

Was glaubte die eigentlich, wer sie war? Fühlte sie sich von Lennas

34

Anwesenheit in dieser Gruppe persönlich angegriffen, oder was?

„Ich finde die Idee gut!", warf Tim ein. „Tierspuren, Muscheln, Algen und so weiter – das gibt bestimmt eine Menge her. Oder?" Er blickte fröhlich in die Runde. Mieke verzog das Gesicht.

„Was ist denn dein Vorschlag?", fragte Linus sie herausfordernd.

„Also, ich finde es besser, sich auf den Himmel zu konzentrieren."

„Und was willst du da aufnehmen? Verschiedene Blau- und Grautöne oder lauter Möwen?", stichelte Linus.

Lenna war Linus und Tim in diesem Moment echt dankbar dafür, dass sie ihr so den Rücken stärkten.

Miekes Augen wurden schmal. „Ich hab schon zwei Fotokurse gemacht und in einem gab es auch das Thema *Himmel*. Die Fotos sind total schön geworden. Aber wenn du den ganzen Tag mit der Nase über den Boden gebeugt laufen willst, kannst du das ja machen, Lenna."

Interessant. Mieke ignorierte einfach, dass die Jungs Lennas Idee auch mochten und Miekes nicht. Ein kluger Schachzug. Tim und Linus sahen Lenna gespannt an, und während Mieke sich eine Haarsträhne aus dem Gesicht pustete, spürte Lenna, wie Wut in ihrem Bauch brannte. War es diesen Stress wirklich wert? Um schlagfertig zu wirken, dachte sie sowieso schon zu lange nach. Sie war sich nicht sicher, was sie jetzt tun sollte. Entweder giftete sie zurück und fuhr die Ellenbogen aus, oder sie gab nach und damit Tim die Chance, selbst herauszufinden, was für eine Zicke Mieke doch war.

Die hatte sich mittlerweile auf ihrem Stuhl zurückgelehnt, anscheinend rechnete sie mit keiner spannenden Reaktion mehr. Tim scharrte mit den Füßen. Er wusste wohl nicht, was er sagen sollte. Und Linus hatte es aufgegeben. Er seufzte nur noch und beobachtete die anderen Gruppen.

Lenna atmete tief durch und blickte von Tim zu Mieke.

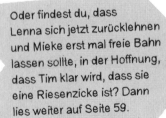

Möchtest du, dass Lenna Miekes Kampfansage annimmt und ihr gehörig die Meinung sagt? Lies weiter auf Seite 37.

Oder findest du, dass Lenna sich jetzt zurücklehnen und Mieke erst mal freie Bahn lassen sollte, in der Hoffnung, dass Tim klar wird, dass sie eine Riesenzicke ist? Dann lies weiter auf Seite 59.

Spuren im Sand

Lenna sprach, so ruhig sie konnte. "So wie es aussieht, haben Tim und Linus meiner Idee zugestimmt, also entscheidet die Mehrheit, dass unser Thema für morgen *Spuren im Sand* heißt. Oder hattet ihr noch andere Vorschläge?"

Mieke sah aus wie ein kleines Kind, dem man sein Lieblingsspielzeug weggenommen hatte.

"*Spuren im Sand*, cool!", Tim nickte anerkennend.

Auch Linus schien erleichtert. "Gut, dann haben wir das." Sein Blick fiel auf die Fußbälle im Netz in der anderen Ecke des Raumes. "Ich geh noch mal raus. Kommst du mit, Tim?"

"Ja klar!" Er lächelte die Mädchen an. Lenna meinte zu sehen, dass er Mieke mit einem viel kürzeren Blick bedachte als sie. Überraschenderweise hatte Mieke nichts mehr zu sagen. Sie warf Lenna nur einen abschätzigen Blick zu, bevor sie aufstand und zu ihren Mädels rüberging.

Zurück im Zimmer wollte Ava, die eine kleine Ewigkeit von Shaun geschwärmt hatte, ganz genau wissen, wie es bei ihrer Freundin gelaufen war. Die beiden saßen auf Lennas Bett. Lina und Merle waren noch unten im Aufenthaltsraum und so konnten sie ungestört reden.

„Mann, Lenna, das hast du richtig gut gemacht. Bestimmt weiß sie jetzt, dass sie mit dir nicht so zickig umspringen kann, und zieht sich morgen zurück. Ist ja wohl deutlich genug geworden, dass ihr Thema abgeblitzt ist!"

Lenna lehnte sich an ihre Freundin. „Ich wünschte, ich könnte da so positiv rangehen wie du. Zum Glück hast du niemanden wie Mieke in deiner Gruppe, der sich immer in den Vordergrund drängt."

„Nee, bei uns ist es eher umgekehrt. Es ist gar nicht so leicht, ein Wort aus Marie herauszubekommen. Ich glaube, sie ist eigentlich total nett, aber superschüchtern. Allerdings hat sie dann letztendlich unser Thema vorgeschlagen. Wir nehmen *Urlaub* und wollen viele fröhliche Bilder schießen."

„Klasse Idee!", entgegnete Lenna und gähnte. „Ich glaub, ich geh jetzt schlafen, damit ich morgen fit und schlagfertig bin."

Ava reckte eine Faust in die Luft und grinste. „Das ist meine Lenna!"

Nach dem Frühstück trafen sich die Gruppen draußen und schwärmten in unterschiedliche Richtungen aus.

Mieke ließ Lenna bereits auf dem Weg zum Strand spüren,

dass sie es ihr heute nicht leicht machen würde. Während Tim und Linus vorweggingen, zischte sie Lenna zu: „Glaub nicht, dass ich mir das gefallen lasse." Ob sie mit „das" meinte, dass Lenna ein gutes Thema gefunden hatte oder dass sie auch auf Tim stand, wusste Lenna nicht, es war ihr aber auch egal. Wahrscheinlich konnte sie Mieke gegenüber sowieso nichts richtig machen und deshalb beschloss sie, sich ganz auf sich zu konzentrieren.

Tims und Lennas Blicke hatten sich morgens im Speisesaal getroffen und für einige Momente war die Zeit stehen geblieben. Lenna war sich sicher, dass es sich auch für Tim so angefühlt hatte, denn seine Augen hatten richtig geleuchtet. Nun war er zwar wieder eher cool und machte Scherze mit Linus, der heute viel entspannter war als gestern. Aber wer weiß … Vielleicht würden Lenna und Tim am Ende des Tages endlich allein über den Sand laufen, Hand in Hand.

Am Strand war es wie erwartet voll. Die Frühlingssonne am wolkenlosen Himmel wärmte Lennas Gesicht. Gerade schob ein älteres Paar seinen Strandkorb in Richtung des Meeres und hinterließ eine breite Spur im Sand. „Hey, wir könnten gleich hier beginnen!", rief Lenna und zeigte auf den Sand. Mieke schnaubte verächtlich. „Wow, was für ein Auftakt, eine Schleifspur! Tolle Idee." So wie sie das betonte, wäre auch jemandem, der sonst eigentlich keine Ironie verstand, klar gewesen, dass Mieke ihre Worte mit einem engelsgleichen Lächeln als Angriff tarnte. Zum Glück hatte Lenna von

Ava noch ein paar Tipps bekommen. Ruhig bleiben, lächeln, am Thema dranbleiben.

„Prima, also los! Es kommt ja auch darauf an, wie genau wir es aufnehmen. Am Rand sollte man den Strandkorb noch erahnen können. Ich probiere es mal aus", antwortete Lenna heiter und zückte ihr Handy. Tim entdeckte gleich daneben eine kleine Miesmuschel mit zwei unbeschädigten Hälften, die an einer Stelle leicht im Sand steckte. „Hey, ich hab auch etwas!"

Mieke verdrehte hinter seinem Rücken die Augen. „Romantisch!", sagte sie zuckersüß. Sie ist so eine falsche Schlange, dachte Lenna. Entweder war den Jungs das nicht bewusst, oder sie hatten sich ebenfalls dazu entschlossen, diese Art zu ignorieren.

Lenna, Tim und Linus entdeckten ständig neue Motive. Spuren von Menschen, Hunden, eine kaputte Strandmatte, die halb in den Sand eingebuddelt war, Möwenfedern, Algen, eine Krebsschere. Mieke trabte die ganze Zeit nur gelangweilt neben ihnen her, bis sie sich anscheinend dazu entschloss, ihre Taktik zu ändern. Sie begann, kleine Muscheln zu sammeln, legte daraus ein Herz und machte ein Foto. Tim ging auf das Herz zu, was Mieke dazu anregte, aufgesetzt zu kichern. Tims Wangen färbten sich rosa, Linus hingegen zeigte

sich unbeeindruckt. „Ich finde
es besser, wenn wir nur Dinge
fotografieren, die auch vorher
schon da waren."

Mieke antwortete mit sanfter Honig-
stimme. „Ja, du hast recht. Das Foto hier muss
ja nicht mit in das Projekt. Ich schenk es einfach

Total
süüüüß!!!!!!!

Tim." Dieses Mal färbte sich Tims Gesicht von Rosa zu Rot, er
ließ sich aber nichts anmerken und blieb cool.

„Oh, danke!", flötete er.

Und als hätte Mieke einen inneren Schalter umgelegt, wanderte ihre Stimme jetzt von Honig zurück zu zischender
Schlange. „Na, Lenna, und was hast du so bis jetzt? Darf
ich mal sehen? Und wie soll das alles dann überhaupt aufbe-
reitet werden? Ein bisschen Pepp sollte es schon haben."

„Ja, das sollte es. Bekommt es aber nicht, wenn einer nur
beleidigt nebenherläuft und dann noch alles besser weiß."

Wow. Lenna hatte sich mit ihren Worten selbst überrascht.
Und Mieke auch, das konnte sie nicht verbergen. Linus grinste.
Tim griff nach seinem Handy und spielte unsicher damit herum, bis Lenna die Pause beendete. „Dann wollen wir mal
weitermachen, oder?"

„Ja, Boss", antwortete Mieke scharf.

Lenna schüttelte den Kopf. „Ich frag mich echt, was dein
Problem ist."

„Ich glaube, das weißt du schon." Mieke grinste fies.

Tim wirkte genervt. Wenn es auf diese Weise weiterging, würde alles noch völlig nach hinten losgehen. Und auch wenn Lenna Mieke nicht gut leiden konnte und umgekehrt, so war es doch trotzdem nicht nötig, so miteinander umzugehen. Lenna überlegte, wie sie auf Mieke zugehen konnte, sich aber trotzdem nicht unterkriegen ließ.

„Also, Mieke, was hältst du davon, wenn du die nächsten Motive aussuchst? Am Ende des Tages schmeißen wir alles zusammen und basteln daraus etwas Schönes." Lenna gelang es, das in einem echt netten Tonfall rüberzubringen.

Mieke schien verwundert, denn sie neigte leicht den Kopf und versuchte wohl, die Situation zu analysieren. „Ja, okay, warum nicht." Das klang so, als hätte sie das Friedensangebot angenommen. Tatsächlich zückte sie ihr Handy und ging vorsichtig auf zwei Möwen und ihre Fußspuren zu. Tim sah Lenna tief in die Augen und strahlte dabei wieder so wie schon beim Frühstück. „Hey, danke! Das war super!", sagte er sanft und lief schneller, um Linus einzuholen.

Der Rest des Tages verlief friedlich. Zwar dauerte es eine Weile, bis sich das Team *Spuren im Sand* am Abend auf die besten Fotos geeinigt hatte, aber es gelang ihnen, eine eindrucksvolle Bilderserie zusammenzustellen. Frau Edelmaier hatte jeder Gruppe vorgegeben, zwanzig Bilder auszusuchen. Am letzten Abend der Klassenfahrt sollte es dann eine große Diashow aller Gruppen geben.

Ava sah durch und durch glücklich aus, als sie am frühen

Abend in die Herberge zurückkehrte. Lenna war sich sicher, dass das nicht nur am Thema *Urlaub* lag. Sobald sie mit ihrer Gruppenarbeit fertig war, quetschte sie ihre Freundin aus. „Und?"

Ava legte sofort los. „Hach, Lenna, er ist so was von süß. Ich weiß, ich habe das schon tausendmal gesagt, aber heute hat Shaun nach meiner Hand gegriffen und sie festgehalten, einfach so! Hier, fühl mal!" Ava legte Lenna ihre Hand auf den Arm. „Die ist immer noch warm!" Ava sah aus, als würde sie jeden Moment davonschweben.

„Das freut mich echt riesig für dich." Lenna drückte Ava fest.

„Und bei dir?", wollte Ava wissen und löste sich aufgeregt aus der Umarmung.

„Na ja, erst war es ganz schön angespannt, aber dann hab ich Mieke irgendwie in den Griff bekommen, und das hat Tim glaube ich sehr be- eindruckt."

„Ich hab doch gesagt, dass du die Zicke ge- bändigt be- kommst! Und was lief

SPUREN IM SAND

sonst mit Tim? Hattet ihr auch mal ein bisschen Zeit nur für euch allein?"

„Nee, das nicht, ich hab mich immer gefreut, wenn wir uns länger angeschaut haben, aber ich habe mich nicht getraut, ihn sonst irgendwie anzusprechen." Lenna ließ die Schultern hängen.

„Das wird schon noch! Es gibt bestimmt noch tausend Möglichkeiten."

Damit behielt Ava zwar recht, denn während der nächsten Tage begegneten sich Tim und Lenna natürlich ständig. In der Jugendherberge, bei den Ausflügen, am Strand. Aber immer waren auch Tims Freunde dabei und so traute Lenna sich nicht, einfach auf ihn zuzugehen, auch wenn sich ihre Augen immer öfter länger als gewöhnlich trafen. Mit Mieke hatte Lenna nicht mehr viel zu tun, allerdings entging ihr nicht, dass auch sie weiterhin versuchte, Tims Aufmerksamkeit zu gewinnen. Leider war sie etwas mutiger als Lenna und schaffte es manchmal, Tim von seiner Gruppe loszulösen. Lenna interessierte brennend, worüber sich die beiden dann unterhielten, aber andererseits war sie auch froh, es nicht zu wissen.

Ava und Shaun hingegen waren oft zusammen. Ava vernachlässigte Lenna trotzdem nicht, aber Lenna ärgerte sich, dass sie es nicht geschafft hatte, die Klassenfahrt dazu zu nutzen, Tim näherzukommen.

Einen Tag vor der Abreise nahm Ava Lenna zur Seite. Sie

trippelte unruhig vor ihrer Freundin hin und her. „Du, ich hab eine Frage an dich! Aber bitte nicht sauer sein, ja?"

Lenna schmunzelte. „Kommt darauf an, worum es geht!"

„Na ja, also, ich wollte dich fragen, ob es okay wäre, wenn ich auf der Rückfahrt im Bus neben Shaun sitze." Ava senkte ihren Blick, was sie immer tat, wenn sie unsicher war.

„Das gibt es doch wohl nicht!", entgegnete Lenna streng und Ava zuckte kurz zusammen. Doch dann lächelte Lenna. „Nein, nur ein Scherz. Kein Problem, ich verstehe das gut. Ich wünschte nur, dass ich mich getraut hätte, Tim zu fragen."

Plötzlich kam Avas Grinsegrübchen zum Vorschein. „Du, mir kommt da gerade eine Idee. Ich würde dir gern was im Aufenthaltsraum zeigen. Kannst du schon mal vorgehen? Ich komme gleich nach!"

Lenna hob fragend die Augenbrauen, aber Ava rief nur „Vertrau mir!", bevor sie den Flur entlanglief und abbog. Lenna schlenderte zum Aufenthaltsraum, in dem sich gerade niemand aufhielt. Sie setzte sich an einen Tisch, blickte aus dem Fenster und dachte noch mal über all die kleinen Momente nach, die sie mit Tim in den letzten Tagen erlebt hatte. Plötzlich hörte Lenna Schritte hinter sich. Sie drehte sich um. Doch statt Ava stand dort Tim.

„Oh, hi. Ava hat mich hergeschickt. Sie hat gesagt, dass mich jemand im Aufenthaltsraum sprechen will und dass ich etwas vergessen habe."

Lenna sprang auf und ihr Herzschlag beschleunigte sich.

Wie konnte Ava sie nur in solch eine Lage bringen? Andererseits … Das war *die* Chance. Lenna und Tim standen sich jetzt gegenüber und beide überlegten, was sie sagen sollten. Lenna war sich nicht sicher, ob Tim es auch als gute Möglichkeit sah, sie hier mal allein zu treffen, oder ob ihm das Ganze nur absolut peinlich war. Vielleicht klügelte er sogar gerade einen Plan aus, wie er der Situation entkommen konnte. Er lächelte jedoch, ging einen Schritt auf Lenna zu und endlich war da wieder dieses Strahlen in seinen Augen. Leider tauchte im selben Moment noch jemand in der Tür auf. Es war Mieke. Ihr Blick wanderte zwischen Tim und Lenna hin und her.

„Echt, Lenna? Ist das dein Ernst? Dir sollte doch wohl mittlerweile klar geworden sein, dass Tim … und ich … und überhaupt!" Sie räusperte sich. Wenigstens war es auch ihr gar nicht so klar, was sie und Tim denn eigentlich waren, sonst hätte sie nicht so rumstottern müssen. Tim wurde augenblicklich blass. Und Lenna war sich nicht sicher, was sie tun sollte. Eigentlich müsste sie Mieke deutlich mitteilen, dass jetzt endlich mal Schluss sein musste mit dem Gezicke. Bisher war sie mehr als geduldig gewesen. Andererseits hatte sich der Waffenstillstand auch gut angefühlt, und Tim könnte schließlich auch mal reagieren. Lenna ging einen Schritt auf Mieke zu.

Bist du der Meinung, dass Lenna versuchen sollte, die Situation geschickt in den Griff zu bekommen, indem sie Mieke an den Waffenstillstand erinnert? Dann lies weiter auf Seite 48.

Oder findest du, dass Lenna Mieke gehörig die Meinung sagen und sie auffordern sollte, wegzugehen? Blättere weiter zu Seite 54.

Wie ein Traum

Lenna baute sich direkt vor Mieke auf. „Hör zu. Ich habe nichts getan, was dich aufregen müsste." Lennas Herz hämmerte.

Ein paar Augenblicke lang passierte gar nichts. Niemand regte sich, bis Tim entschlossen auf Mieke zuging. „Lenna und ich haben uns hier getroffen, weil wir in Ruhe etwas besprechen wollten. Deshalb wäre es nett, wenn wir das auch tun könnten. Wir kommen dann nach." Er sprach sanft, aber bestimmt. Mieke stand noch einen Moment wie angewurzelt da, bevor sie mit einem schwer zu deutenden Gesichtsausdruck auf dem Absatz kehrtmachte und die Tür zuschlug.

Lennas Herz hämmerte zwar immer noch, es hatte aber einen angenehmeren Rhythmus angeschlagen, so wie in einem mitreißenden Gute-Laune-Lied.

Tim stand unschlüssig vor der geschlossenen Tür und zuckte

mit den Schultern. „Jetzt weiß ich auch, was Ava meinte, also, was ich vergessen habe."

„Oh. Ja?" Lenna spürte die Ader an ihrer Schläfe pulsieren. Das passierte immer, wenn sie ganz besonders aufgeregt war. Und dann umarmte Tim sie. Ganz plötzlich. Lenna hatte Mühe, normal weiterzuatmen.

Nach einer Weile löste Tim sich sanft von ihr. Sein Mund näherte sich langsam ihrem Gesicht, bevor er sie zärtlich küsste.

Noch am späten Abend, während alle anderen in Lennas Zimmer schon

LOVE IS *in the* **AIR**

längst schliefen, war ihr ein bisschen schwindelig. Sie lächelte glücklich beim Gedanken an Tims Wärme und daran, wie Ava überschwänglich „Ich wusste es!" gerufen hatte, nachdem sie ihr in allen Einzelheiten vom Zusammentreffen mit Tim berichtet hatte. Am liebsten wollte sie gar nicht einschlafen, weil sie Angst hatte, dass sich am nächsten Morgen alles unwirklich anfühlen würde. Irgendwann wurden ihre Lider aber doch schwer und sie gab sich dem Schlaf hin.

Wie wird es mit Lenna und Tim weitergehen? Lies weiter auf Seite 50.

Happy End im Reisebus

Am nächsten Morgen wurde Lenna unsanft geweckt. Jemand rüttelte an ihrer Schulter. „Hey, Schlafmütze! Willst du nicht mal deinen letzten Kram zusammenpacken?"

Lenna hielt sich schützend ein Kissen vors Gesicht. „Geh weg, Ava. Ich hab gerade so schön geträumt."

Ava lachte. „Das glaube ich! Aber in einer Viertelstunde gibt es Frühstück und danach ist Abfahrt."

Lenna sprang aus dem Bett. „Mist! Und warum bist du schon so fit?"

Ava grinste verschwörerisch. „Ich hab mich mit Shaun getroffen. Eben auf dem Rückweg bin ich Tim begegnet. Er hat gefragt, wo du bist."

Lenna war plötzlich hellwach. Im Bad brauchte sie nur einen Bruchteil der üblichen Zeit. Sie schmiss ihre restlichen Klamotten in die Reisetasche und sprang in ihre Kleidung. Zehn

Minuten nach Avas Weckaktion war sie fertig, dabei hatte sie sich wohl selbst übertroffen.

„Wow, ich hätte nie gedacht, dass du das schaffst", sagte Ava beeindruckt.

Lenna kicherte. „Ich auch nicht!"

Beim Frühstück saß Lenna mit Tim, Linus, Shaun, Luis und Ava an einem Tisch. Tim wirkte schüchterner als sonst und Lenna hoffte, dass er nicht plötzlich so tun würde, als wäre nichts gewesen. Ob es bei ihm gestern genauso gekribbelt hatte wie bei ihr? Es gab nur einen Weg, das herauszufinden. Lenna nahm sich vor, nach dem Frühstück einen kleinen Abstecher zu Tim zu machen. Dazu wollte sie warten, bis die meisten zu ihren Zimmern aufgebrochen waren, um ihre Sachen zu holen.

Als sie das Treppenhaus betreten wollte, erschien Tim wie aus dem Nichts hinter ihr und hielt ihr die Tür auf. Dabei berührte er ihre Hand und ließ sie auch nicht los, während sie gemeinsam die Treppe hochstiegen. „Lenna, ich wollte dich noch fragen, ob du vielleicht Lust hättest, im Bus neben mir zu sitzen." Er lächelte verlegen.

„Ja!", entfuhr es Lenna viel lauter, als beabsichtigt.

Tims Augen strahlten. „Na dann, bis gleich!" Er bog zu seinem Zimmer ab, während Lenna ihm noch kurz zuwinkte und sich schwungvoll zu ihrem eigenen Zimmer aufmachte.

51

Vor dem Bus herrschte bereits ein Gedränge, als Lenna mit ihrer Tasche dort ankam. Ava lehnte verliebt an Shauns Schulter und zwinkerte Lenna zu. Tim unterhielt sich gerade mit Linus, doch als er Lenna entdeckte, ging er sofort auf sie zu, nahm ihr den Koffer ab und verstaute ihn unten im Gepäckfach.

„Du musst geflogen sein! Ich dachte schon, ich wäre schnell gewesen", flüsterte Lenna.

„Wenn es sein muss, kann ich auch fliegen", antwortete Tim und griff behutsam nach Lennas Hand.

Mieke, die von ihren Mädels umringt ein Stück entfernt stand, bekam große Augen, als Lenna und Tim Hand in Hand in den Bus stiegen.

Während der gesamten Rückfahrt hatte Lenna nur Augen für Tim. Er streichelte ihre Hand, sie redeten über alles Mögliche und schmiedeten Pläne für die nächsten Wochen. Immer wieder sahen sie sich tief in die Augen und verloren jegliches Zeitgefühl.

Vor einer Weile hatte Lenna Ava noch ausgelacht, weil sie sich so sehr für Jungs interessierte. Ava hatte damals gesagt, dass man einem Jungen nun mal näherkommen möchte, wenn man ihn richtig toll findet und er es wert war. Endlich wusste Lenna, was sie damit gemeint hatte.

Insgeheim wünschte sie sich, dass die Rückfahrt nach Hause ewig dauern möge.

Ende

Zickenkrieg mit Folgen

„Du spinnst wohl!", donnerte Lenna los.

„Brüll mich nicht so an! Was fällt dir ein, dich mit Tim hier heimlich zu treffen!" Miekes Stimme war unerträglich schrill. Tim, der sich in Richtung Tür begeben hatte, zog erschrocken die Augenbrauen hoch. Lenna fühlte, wie heiße Wut in ihr hochstieg.

„Ich kann mich treffen, mit wem ich will! Ich hab dir nichts getan, obwohl du dich wie eine fiese Schlange verhältst!" Lenna starrte Mieke an und lauschte ihren eigenen Worten, die im Raum zu hängen schienen.

„Selber! Ist doch unglaublich, was du hier für eine Show abziehst!", brüllte Mieke. Lenna atmete tief durch. Bevor sie Mieke an den Kopf warf, was ihr auf der Zunge lag, wanderte ihr Blick an Mieke vorbei zu Tim. Der stand mit gerunzelter Stirn im Türrahmen.

„Ihr spinnt beide!", rief er in den Raum, bevor er sich umdrehte, in den Flur hinaustrat und die Tür zuschlug.

Mieke zuckte zusammen.

„Hä?", entfuhr es Lenna.

Mieke sah Lenna fragend an. „Das ist doch jetzt ein Scherz, oder?"

Beide schwiegen eine Weile betreten.

„Das kann es ja wohl auch nicht sein", sagte Mieke schließlich und durchbrach die Stille.

„Irgendwie ist das alles blöd gelaufen", fügte Lenna hinzu.

Mieke setzte wieder ihren Zickenblick auf. „Das ist alles deine Schuld!" Doch plötzlich lief ihr eine Träne über das Gesicht. „Das hab ich mir echt anders vorgestellt. Wir regen uns so auf und der haut einfach ab. Der ist den ganzen Streit nicht wert."

Lenna seufzte und kämpfte ebenfalls mit den Tränen. Nicht nur von Mieke, sondern auch noch von Tim angeschrien zu werden, war einfach zu viel. „Da hast du recht. Wenigstens sind wir uns mal einig."

Dieser Abend hatte wirklich eine sehr unerwartete Wendung genommen. Auch am nächsten Morgen zog Tim es vor, Lenna und Mieke zu meiden. Jungs, echt.

Ob die Klassenfahrt wohl trotzdem noch ein schönes Ende hat? Du findest es raus auf Seite 56.

Eine neue Freundin

„Soll ich nicht doch einfach neben dir sitzen?", bot Ava kurz vor der Abreise an, nachdem Lenna ihre Tasche lustlos im Gepäckfach des Busses untergebracht hatte.

„Nee, ich find schon jemanden. Genieß du die Zeit mit Shaun! Nur weil Tim sich so unmöglich verhält, müsst ihr nicht auch darunter leiden."

Ava herzte ihre Freundin. „Du bist die Beste!" Sie deutete mit einem Nicken in Maries Richtung, die verloren vor dem Bus stand. Auf der Hinfahrt hatte sie neben Rabea gesessen, die aber jetzt anderweitig Anschluss gefunden hatte.

Lenna ging zu ihr. „Hey, Marie, wollen wir im Bus nebeneinander sitzen?"

„Gerne!"

Lenna hatte Marie noch gar nicht richtig kennengelernt, weil sie so selten von sich aus etwas sagte. Marie war erst vor einem halben Jahr in die Klasse gekommen, und bestimmt war das auch nicht leicht für sie gewesen. Im Bus legte sie allerdings ein wenig ihre Schüchternheit ab. Nachdem Lenna ihr offenherzig von der Sache mit Tim erzählt hatte, verriet sie Lenna sogar ein Geheimnis. „Du darfst es aber niemandem erzählen, okay?"

„Auch Ava nicht?", hakte Lenna nach.

„Doch, das ist in Ordnung. Aber sonst niemandem, ja?"

„Ist gut, versprochen."

„Also, ich finde Linus toll. Er ist der einzige Junge, der auf mich zugegangen ist, total nett. Aber wenn ich da deine Geschichte so höre, heißt das ja nicht unbedingt etwas. Also ich meine, man kann sich auch schnell mal etwas einbilden, was es in Wirklichkeit gar nicht gibt, oder?"

„Das kannst du aber herausfinden. Linus ist ein Freund von Shaun. Vielleicht kann Ava da mal was arrangieren", schlug Lenna vor.

Marie lief rot an. „Weißt du was? Viel wichtiger finde ich es, dass ich jetzt Freundinnen finde. Mit Ava habe ich mich die Klassenfahrt über auch gut verstanden."

„Lass uns doch nach der Schule mal was unternehmen. Wie wäre es gleich am Montag?"

„Das wäre super." Marie strahlte und auch Lenna war zufrieden. Zwar war die Klassenfahrt nicht ganz so gelaufen, wie sie es sich vorgestellt hatte, aber während sie den Rest der Fahrt mit Marie quatschte und lachte, freute sie sich darüber, eine neue Freundin gefunden zu haben. Und die würde sie bestimmt nicht einfach so stehen lassen.

Ende

Der Anti-Zicken-Plan

Erst fiel es Lenna schwer, Miekes Worte einfach zu ignorieren. Aber dann dachte sie sich, was die kann, kann ich auch. Und so lehnte Lenna sich ebenfalls betont entspannt zurück und wartete ab.

Mieke nutzte Lennas Rückzug sofort aus. „Also, Jungs, ich hätte die Idee, dass man eine ganze Spurencollage gestalten könnte!" Sie klimperte mit ihren langen Wimpern und rückte ein Stück näher an Tim heran. Lenna biss sich auf die Lippe. SIE hatte die Idee? Bis eben fand sie das Thema noch völlig daneben. Mieke setzte ein Engelslächeln auf. „Oder wir nehmen doch das Thema *Himmel* und konzentrieren uns auf Wolkenkonstellationen." Tim nickte mechanisch. Vielleicht hatte Mieke ihn mit ihren tiefen Blicken hypnotisiert.

Lenna griff zu ihrem Handy und warf einen Blick auf die Wetter-App. „Oh, schaut mal!" Sie hielt triumphierend ihr

Handy in die Höhe. „Morgen, Norddeich, 18 Grad, wolken-
loser Himmel."

Miekes Mundwinkel schnellten nach unten. Sie sah aus, als
hätte sie Lenna am liebsten per Knopfdruck
zum Mond verfrachtet. Tim klebte mit seinem Blick trotzdem weiterhin an
Mieke. Sie fing sich schnell wieder und stellte ihr Gesicht zurück
in den Lächelmodus.

MIEKE

Linus atmete tief durch. „Ich hab eine ganz andere Idee. Wir machen Selfies von uns, an ver-
schiedensten Orten in Norddeich. Im Hintergrund
kann dann immer irgendetwas zu sehen sein,
was mit dem Wattenmeer zu tun hat. Da kann
jeder etwas beitragen."

Mieke richtete sich auf ihrem Stuhl auf. „Selfies?
Ich weiß nicht. Das finde ich nicht so prickelnd. Das
ist irgendwie so normal."

„Ach, echt? Und Wolken sind der Knaller, oder
was?", fragte Linus genervt.

Miekes Stimme wurde plötzlich schrill. „Deshalb musst du
mich aber nicht beleidigen!"

Linus blieb gelassen, aber Tims Augen weiteten sich. Anscheinend war er endlich aufgewacht und hatte sich aus Miekes Hypnose gelöst. „Ich schlage vor, wir nehmen *Spuren im
Sand*, das fanden am Anfang fast alle gut, und dann sehen

SPUREN IM SAND

wir morgen mal, was wir da so finden." Er lächelte versöhnlich in die Runde. „Abgemacht?"

„Echt klasse, Lenna. Das hast du ja gut hinbekommen. Du denkst wohl, du bist ganz schlau, was?", schnaubte Mieke.

Tim und Linus sahen aus wie lebendige Fragezeichen. Lenna hatte sofort kapiert. Mieke war sauer, weil weder Tim noch Linus auf ihrer Seite waren, und ließ es an Lenna aus. Keiner der Jungs sagte mehr etwas und auch Lenna fielen einfach nicht die richtigen Worte ein. Sie wollte nur noch weg aus dieser Situation, denn sie spürte, wie sich ein paar Tränen an ihre Startposition begaben. „Bis morgen dann", war alles, was sie noch herausbrachte, dann sprang sie auf und lief zu ihrem Zimmer. Im Treppenhaus holte Tim Lenna ein und stoppte sie, indem er sie sanft am Arm festhielt.

„Hey", sagte er leise. Jetzt flossen Lennas Wuttränen noch zügiger. Mist. So sollte Tim sie auf keinen Fall sehen, mit verquollenen Augen und roter Nase. Vor allem, weil das alles so albern war. Sie ärgerte sich über sich selbst und darüber, dass Mieke sie zum Weinen gebracht hatte.

„Danke", flüsterte sie und beschleunigte wieder ihren Schritt. Sie atmete erst wieder durch, als sie in ihrem Zimmer angekommen war und die Tür fest hinter sich verschließen konnte. Kurze Zeit später klopfte es. „Mach auf, bitte! Ich bin es!",

61

rief Ava. Lenna drehte vorsichtig den Schlüssel im Schloss um. Ava nahm sie sofort fest in die Arme. „Meine Süße, was ist denn da los gewesen?"

Lenna berichtete ihrer Freundin von der Fotobesprechung, und so langsam versiegten auch die Tränen wieder. Avas Anwesenheit beruhigte Lenna und half ihr, sich zu ordnen.

„Oh, wenn ich die zu fassen kriege! Der werde ich was erzählen!", platzte es aus Ava heraus.

„Nein, lass mal. Sie ist es nicht wert. Ich werde mich morgen tapfer dem Fototag stellen und danach will ich mit Mieke nichts mehr zu tun haben."

Ava nickte verständnisvoll. „Aber dass Tim dir nachgelaufen ist, ist total süß."

Lenna konnte wieder lächeln. „Das stimmt."

Den Rest des Abends verbrachten die Mädchen im Zimmer. Sie hörten Musik, quatschten, lachten und schmiedeten einen Anti-Zicken-Plan für den bevorstehenden Tag. Der beinhaltete, dass Lenna zwar weitestgehend mit der Gruppe lief, aber einfach ihr eigenes Ding machte. Und wenn Mieke sie angriff, hatte Ava vorgeschlagen, dass Lenna sich einfach vorstellen sollte, Mieke würde mitten in ihrem hübschen Gesicht ein Riesenpickel wachsen.

Erstaunlicherweise ging der Anti-Zicken-Plan für Lenna gut auf. Sie sagte wenig, lächelte viel und bot Mieke damit keine Angriffsfläche. Tatsächlich konzentrierten sich alle auf verschiedenste Spuren im Sand, die bei dem regen Treiben am

Strand natür-
lich tausendfach
vorhanden waren.
Wolken hingegen, wie
von der Wetter-App
prophezeit, gab es keine.
Allein das bereitete Lenna

gute Laune. Überhaupt war bei diesem Wetter alles leichter.
Linus und Mieke gerieten öfter aneinander, während Tim sich
ähnlich wie Lenna zurückzog. Sie redeten zwar kaum, Tims
Nähe tat Lenna aber gut, und während Zicken-Mieke und
Linus sich stritten, konnte sie sich voll und ganz auf sein
Lächeln konzentrieren.

So lief es auch die ganzen nächsten Tage zwischen Lenna
und Tim. Es war, als würden sie sich ohne Worte unterhalten.
Das war neu, denn schließlich kannten sie sich schon ewig
und bisher hatte es noch nie solch eine Art Stille zwischen
ihnen gegeben.

„Prickelig ist das irgendwie zwischen uns, ich kann es schwer
beschreiben", erklärte Lenna Ava am letzten Abend der
Klassenfahrt in ihrem Zimmer. „Wir schauen uns an, und es
ist ganz anders als früher. Ich bekomme Herzrasen und auf
einen Schlag gute Laune."

Ava streichelte Lenna über den Rücken. „Wenn ich es richtig
beobachtet habe, na ja, eigentlich ist es nicht zu übersehen,
dann geht es Tim genauso. Du hättest seinen Blick sehen sol-

len eben bei der Diashow! Als die Bilder eurer Spuren im Sand liefen und dazwischen plötzlich das Bild auftauchte, auf dem ihr euch anlächelt ... Da ist er wirklich rot geworden wie eine Tomate. Aber er sah auch ziemlich stolz aus. Ich wette, Linus hat das Foto da reingeschummelt. Mieke war weniger begeistert. Hättest du dich weiter nach vorne gesetzt, hättest du es auch sehen können."

„Dafür hab ich doch meine Spezialdetektivin!" Lenna strahlte Ava an.

Die schob sich ein Kissen in den Rücken und lehnte sich an die Wand. „Wenn Tim und du euch nun mal beide nicht traut, weiter aufeinander zuzugehen, dann kann man wohl nichts machen."

Lenna seufzte. „Ich weiß, es ist komisch, aber ich hatte die ganze Zeit das Gefühl, dass dieses schöne Kribbeln irgendwie verschwindet, wenn ich losplappere wie früher."

„Jedenfalls hab ich Shaun gesagt, dass ich im Bus neben dir sitze. Er hat sehr süß reagiert. Wir haben uns gleich für übermorgen verabredet."

Avas Wangen nahmen die Farbe eines reifen, roten Apfels an.

„Das freut mich total. Ihr seid ein süßes Paar!" Lenna legte einen Arm um ihre Freundin.

> Ob wohl noch etwas Spannendes auf der Rückfahrt passiert? Du erfährst es, wenn du auf Seite 65 weiterliest.

Wuschelhaare und Wangenkribbeln

Lenna war einerseits froh, dass sie wieder nach Hause aufbrachen. Andererseits war es auch schade. Es hatte ihr gut gefallen am Meer, außerdem hatte es schöne Momente zwischen ihr und Tim gegeben. Trotzdem hatte sie sich mehr von der Klassenfahrt versprochen. Wenn sie sich hier schon nicht getraut hatte, dazu noch während der günstigen Gelegenheiten, wie sollte es dann erst wieder im normalen Schulalltag werden?

Während Lenna und Ava nach dem Frühstück am nächsten Morgen ihre Taschen zum Bus schleppten, stand dort schon eine Gruppe gut gelaunter Jungs, die bereit war zum Einsteigen. Unter ihnen waren auch Tim und Shaun.

Ava gab Lenna einen aufmunternden Knuff in die Seite, als die ihren Blick sehnsüchtig zu Tim schweifen ließ.

Im Bus ergatterten die Freundinnen einen Platz weit hinten,

so wie sie es sich gewünscht hatten, während Frau Edelmaier gerade noch etwas mit dem Busfahrer besprach. Ava saß am Gang und beobachtete Mieke, die es wohl nicht eilig hatte einzusteigen. Sie diskutierte mit ihrer Freundin, während Lenna alle Situationen der letzten Tage in ihrem Kopf durchging, die sie Mieke gegenüber hätte geschickter regeln können. „Weißt du", setzte sie an und drehte sich zu Ava, beendete allerdings ihren Satz nicht, denn neben Ava hockte Tim und flüsterte ihr etwas ins Ohr. Hä? Was war da denn los? Lenna war so in ihre Gedanken versunken gewesen, dass sie Tims Erscheinen gar nicht registriert hatte.

„Einverstanden!", sagte Ava zu Tim. Zu Lenna gewandt flüsterte sie „Gute Reise, meine Süße!", und zwinkerte ihr zu. Dann stand sie einfach auf und setzte sich weiter vorne im Bus auf den Platz neben Shaun, wo Tim vorher gesessen hatte. In Lennas Magen bildete sich ein Klumpen und ihr wurde augenblicklich heiß. Tim schwang

HACH
JUHU
*HERZKLOP

sich lässig auf Avas Sitz, trotzdem merkte Lenna ihm an, dass er ziemlich angespannt war.

„Ich hoffe, es ist okay für dich, dass ich jetzt neben dir sitze. Ava hat jedenfalls so etwas angedeutet, als ich sie eben gefragt hab."

Lennas Wangen kribbelten. Außer „Ja!" fiel ihr nichts ein. Zum Glück redete Tim weiter, und weil es sie total aus dem Konzept brachte, die ganze Zeit in seine Augen zu sehen, konzentrierte sie sich einfach auf seine Wuschelhaare.

„Eigentlich wollte ich dich noch mal ansprechen, nachdem du geweint hattest. Das tat mir echt leid und ich konnte irgendwie gar nichts tun. Jedenfalls, na ja, es ist so …" Er biss sich auf die Unterlippe. „Seitdem muss ich ständig an dich denken." Er sackte ein bisschen in sich zusammen, als würde er erwarten, dass Lenna ihn auslachte. Die Stille schien ihn zunehmend aus der Ruhe zu bringen. Lenna wollte ja etwas sagen, aber in ihrem Kopf flogen die Worte wild umher, und immer, wenn sie ein paar passende greifen wollte, sausten sie kichernd davon. Wenigstens schaffte sie es, zu lächeln.

Tim gab nicht auf.

„Wir kennen uns schon so lange, und da habe ich mich gefragt, warum wir uns noch nie getroffen haben, also auch mal außerhalb der Schule."

„Das habe ich mich auch schon mal gefragt! Ich kann nächste

67

Woche an jedem Nachmittag." Endlich hatte Lenna ihre Worte zurück.

Jetzt strahlte Tim übers ganze Gesicht. „Warum nicht gleich morgen?"

„Abgemacht."

Tim legte seine Hand auf Lennas und begann, sie zärtlich zu streicheln. Lenna bemühte sich, tief zu atmen.

Ava hatte recht behalten. Diese Klassenfahrt war eine ganz besondere geworden, auch wenn es erst nicht so ausgesehen hatte.

Ende

Lennas große Chance

Tim sah Lenna neugierig an, während sie nach Worten rang und Mühe hatte, Miekes fiese Blicke von der Seite zu ignorieren. Sie konnte und wollte einfach nicht mit Mieke in eine Gruppe, so verlockend die auch wegen Tim war. Aber vielleicht würde er ja selbst herausfinden, wie Mieke tickte, und sich dann von ihr abwenden. Lenna schenkte Tim ein Lächeln und stellte sich dann etwas entfernt in die Ecke des Raumes, in der ebenfalls noch einige andere auf der Suche nach einem Team waren. Sofort machten Mieke und Amelie einen Vorstoß und stellten klar, dass sie mit Linus und Tim in eine Gruppe wollten. Tim suchte einen Moment den Raum nach Lenna ab, als er aber feststellte, dass sie im Begriff war, ein anderes Team zu finden, nickte er Mieke und Amelie zu, was wohl so viel wie Ja hieß. Na toll. Lenna war enttäuscht von sich selbst, andererseits war sie auch froh, nichts mehr mit

69

Mieke zu tun haben zu müssen. Außerdem stand übermorgen eine Wattwanderung auf dem Programm und vielleicht ergab sich dort eine neue Chance, Tim näherzukommen. Im besten Fall hatte er Mieke bis dahin in den Wind geschrieben. Leider ging Lennas Wunsch nicht in Erfüllung. Jedenfalls sah es so aus, als würden sich Tim und Mieke blendend verstehen. Nach der Fotosafari verbrachten sie mit ihrer Gruppe den Abend und lachten ausgelassen.

„Ach, was heißt das denn schon, Lenna." Ava hatte wie immer ein paar aufbauende Argumente parat. „Jungs konzentrieren sich manchmal am Anfang nur auf das Aussehen. Am besten soll das Mädchen lange Beine und eine Stupsnase haben, so wie Mieke. Aber in kurzer Zeit wird auch Tim merken, dass er und Mieke einfach nicht zusammenpassen. Er ist schließlich sehr nett, und sie, na ja, eher nicht. Jedenfalls hat sie das noch nicht so wirklich gezeigt. Also bleib dran morgen bei der Wattwanderung!"

Lenna nahm sich Avas Ratschlag zu Herzen. Nach dem Frühstück trabte die Klasse zum Yachthafen, wo sie mit dem Wattführer Hans verabredet war. Der sah aus wie ein echter alter Seemann. Beim Sprechen rollte er ausgiebig das *R* und seiner tiefen Stimme mochte man sehr gerne zuhören. Zuerst erzählte er eine Geschichte von Ebbe und Flut, bevor sie immer tiefer ins Watt vordrangen, auf der Suche nach Krebsen,

Muscheln und Wattwürmern. „Geht nie allein tief ins Watt!", sagte Hans mehrmals nachdrücklich und weitete dabei bedrohlich die Augen. „Manch unvorsichtige und unerfahrene Landratte hat das Watt schon verschluckt und nie mehr ausgespuckt."

Mieke schloss nach diesen Worten zu Tim auf und verwickelte ihn in ein Gespräch.

„Oh, vielleicht soll er sie retten, wenn es hart auf hart kommt", zischte Ava.

Lenna hatte es aufgegeben, mit Tim Schritt zu halten. Irgendwie lief er heute immer vorne in der Gruppe. Lenna hingegen fand das ständige Einsinken auf Dauer höchst anstrengend, auch wenn sie die Möwen, die Luft und die warmen Sonnenstrahlen sehr genoss.

Hans schnappte sich einen fetten Wattwurm. Als er Miekes angeekeltes Gesicht sah, hielt er den Wurm direkt vor ihre Nase.

„liiiihhh!", kreischte sie, sprang zur Seite und wühlte dabei Schlamm auf, der an Tims Bein hochspritzte. Er machte ein fragendes Gesicht und schüttelte dann ganz leicht den Kopf. Na, das war ja mal blöd gelaufen für Mieke, dachte Lenna schadenfroh.

Am Ende der Führung, als alle am Strand in der Menschenwaschstraße, wie Hans sie nannte, ihre Beine vom Schlick befreiten, geriet Mieke so richtig in Fahrt. „Mann, ist das Wasser kalt! Mir schlafen gleich die Beine ein!"

Tim warf Linus daraufhin einen genervten Blick zu. Vielleicht verstand er es endlich. Doch auch wenn die Wattaktion für Mieke in Bezug auf Tim nicht gerade erfolgreich gewesen war, so hatte sie auch Lenna keinen Schritt weitergebracht.

Nach der Tour hatte die Klasse noch zwei Stunden Zeit bis zum Abendessen. Lenna und Ava beschlossen, im Garten ein bisschen die Sonne zu genießen. Lenna wartete im Innenhof auf ihre Freundin, die nun schon zum zweiten Mal in ihr Zimmer lief, weil sie etwas vergessen hatte.

Plötzlich tauchte auch Tim im Innenhof auf und setzte sich auf eine Bank. Allein! Leider telefonierte er gerade. Lenna richtete sich auf. Das war die Chance!

Doch hinter sich hörte sie auf einmal Schritte. Lenna drehte sich um und entdeckte Luis, der auf sie zulief. „Hey Lenna! War cool im Watt, oder? Ich finde es zwar irgendwie toller, wenn das Meer da ist, aber die Ebbe heute hatte doch auch etwas."

Tim erhob sich auf der anderen Seite des Innenhofes gerade von der Bank und steckte sein Handy in die Hosentasche. Luis stand vor Lenna und lächelte sie an.

Was sollte Lenna nur tun? Sie wollte so gerne die Chance nutzen, Tim mal allein zu erwischen, andererseits wollte sie Luis nicht vor den Kopf stoßen. Jedenfalls musste sie sich schnell entscheiden, denn Luis wartete auf eine Antwort und Tim war im Begriff, den Innenhof zu verlassen. Bestimmt wollte er vor der Herberge mit den anderen Jungs Fußball spielen.

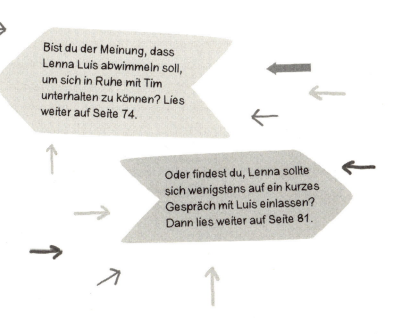

Bist du der Meinung, dass Lenna Luis abwimmeln soll, um sich in Ruhe mit Tim unterhalten zu können? Lies weiter auf Seite 74.

Oder findest du, Lenna sollte sich wenigstens auf ein kurzes Gespräch mit Luis einlassen? Dann lies weiter auf Seite 81.

Überraschung!

„Luis, sorry, aber ich muss Tim mal schnell etwas fragen, okay? Ich komme gleich wieder!"

Luis ließ enttäuscht die Schultern hängen. Lenna lächelte aufmunternd, wandte sich dann ab und rannte rüber zu Tim. Kurz bevor sie bei ihm ankam, wurde sie langsamer, damit es nicht wie ein Überfall wirkte.

„Hi Lenna!" Tim legte den Kopf leicht zur Seite und die Sonne schien auf sein Gesicht. Seine Augen strahlten dadurch ganz besonders. Hoffentlich war es aber auch ein bisschen deswegen, weil er sich freute, Lenna mal allein zu begegnen. „Du hast einen kleinen Sonnenbrand!", sagte er schmunzelnd und strich Lenna ganz kurz und behutsam über die Wange. Von dem Punkt aus, den er berührt hatte, raste ein Kribbeln runter bis zu ihren Zehen.

Sie brauchte eine Weile, bis sie antworten konnte. „Ja, und das, obwohl ich mich eingecremt habe!"

Tims Blick ruhte auf Lennas Augen. „Du bist ...", setzte er an, doch weiter kam er nicht, denn Linus rief in den Hof: „Hey, wo bleibst du denn? Wir warten schon eine Ewigkeit! Wie lange kann es denn dauern, seiner Oma zum Geburtstag zu gratulieren?"

Lenna war zusammengezuckt, Tim wirkte hin- und hergerissen. „Ich komme ja schon!", antwortete er leicht genervt. Zu Lenna gewandt, sagte er mit deutlich sanfterer Stimme „Wir sehen uns!" und rannte davon.

Lenna war wieder allein im Innenhof. Auch Luis war längst verschwunden. Ava, die kurze Zeit später endlich mit ihrem Rucksack auftauchte, war ganz entzückt. „Wie süß ist das denn? Er ruft seine Oma zum Geburtstag an? Und erzähl noch mal, wie genau hat er dir über die Wange gestrichen?"

„Na so!" Lenna berührte Avas Wange.

„Nur noch sanfter, das kann man irgendwie gar nicht nachmachen."

Avas Blick wurde träumerisch. „Endlich kommt mal was in Gang zwischen euch! Weiter so!"

Doch wie das so oft mit ganz besonderen Momenten war, man konnte sie nur schwer wiederholen. So sehr Lenna sich auch während der nächsten Tage bemühte, den Zauber des

Augenblicks, den sie mit Tim im Innenhof erlebt hatte, erneut heraufzubeschwören, es wollte ihr nicht gelingen. Entweder war er von seinen Jungs umringt oder Mieke hielt sich in seiner Nähe auf.

Für den letzten Abend stand die große Diashow auf dem Programm. Lenna, Ava, Merle und Lina waren die Ersten, die sich im Raum einen Platz suchten. Herr Becker hatte eine große Leinwand aufgestellt und verband gerade den Beamer

mit seinem Laptop. Lenna, die sich in ihrer Gruppe während der Fotosafari nicht besonders wohlgefühlt und deshalb auch kein herausragendes Foto zustande gebracht hatte, war am meisten gespannt auf Avas Gruppe. Ihre Freundin hatte ihr ein paar ganz besondere Fotos versprochen. Der Raum füllte sich nach und nach. Ava hatte ein paar zusätzliche Stühle in ihre Ecke gestellt, in der Hoffnung, dass sich die Jungs zu ihnen setzten. Der Plan ging wirklich auf. Shaun kam sofort grinsend auf Ava zu, sobald er den Raum betreten hatte. Alles andere hätte Ava ihm wohl auch übel genommen, so wie Lenna sie kannte. Luis kam nur zögernd mit. Als er sich setzte, warf er Lenna einen kühlen Blick zu, in dem aber auch etwas Trauriges lag. Lenna bekam ein schlechtes Gewissen, denn nachdem sie ihn so abgewimmelt hatte, hatte sie Luis kein einziges Mal mehr angesprochen.

Als Tim mit Linus an der Türschwelle auftauchte, winkte Shaun seinen Freunden zu und die beiden bahnten sich ihren Weg zu den freien Stühlen in der Ecke. Dabei mussten sie an Mieke vorbei, die Tim enttäuscht hinterhersah. Als sie mitbekam, dass er sich direkt neben Lenna setzte, verfinsterte sich ihr Gesichtsausdruck. Lenna drehte ihren Stuhl ein bisschen, sodass sie Mieke nicht mehr sehen musste.

Herr Becker und Frau Edelmaier saßen ganz vorne neben dem Beamer, doch als es losgehen sollte, wurde der Bildschirm plötzlich schwarz. „Hmm, das ging doch eben noch!", sagte Herr Becker mehr zu sich selbst und turnte durch die Reihen, um an den Schrank ganz hinten im Raum zu gelangen. Als er sich an Tim vorbeidrängte, rückte der noch ein Stückchen weiter an Lenna heran, sodass sich jetzt ihre Beine berührten. Und als ihr Lehrer sich mit einem Kabel in der Hand seinen Weg wieder zurückbahnte, kam Tim sogar noch ein Stück näher, obwohl Herr Becker eigentlich auch so genügend Platz gehabt hätte. Lenna fühlte sich wie ein Smiley, der auf dem Kopf stand. Ihr war schwindelig und sie konnte plötzlich gar nicht mehr aufhören zu grinsen. Herr Becker tauschte ein Kabel aus, das Licht wurde wieder gelöscht, und endlich ging es los. Lenna war beeindruckt, was mit den Handykameras für Fotos zustande gekommen waren.

Als die Bilderserie von Avas Gruppe abgespielt wurde, rutschte diese unruhig auf ihrem Stuhl hin und her, und auch Tim richtete sich angespannt auf. Und plötzlich war da dieses Bild, das Lenna erst nach einigen Augenblicken richtig erfassen konnte. Im Vordergrund war eine fette Möwe zu sehen, die zu grinsen schien, im Hintergrund, etwas unscharf, erkannte Lenna jedoch zwei kleine, aus Muscheln gelegte Herzen. Neben diesen standen zwei Namen in den Sand geschrieben. *Tim + Lenna*. Viel zu schnell ging es weiter zum nächsten Bild und Lenna hätte am liebsten *Halt!* geschrien. Unruhig sah sie zu Tim herüber. Was dachte er jetzt? Tim biss sich auf die Unterlippe, dann schenkte er Lenna ein unsicheres Lächeln. Oder hatte Lennas

Wunschdenken ihr einen Streich gespielt und es war ihm einfach nur peinlich?

Lenna versuchte unauffällig, Blickkontakt mit Ava aufzunehmen, aber die turtelte gerade mit Shaun. Lenna hielt die Luft an. War Tim gerade noch näher an sie herangerückt? Sie spürte seine Wärme. Und er roch so gut! So ähnlich wie der Baum, der in ihrem Garten stand. Seine Blüten verströmten ein paar Tage lang im Frühling ihren Duft und lockten sämtliche Hummeln in der Umgebung an.

Kaum war das letzte Bild auf der Leinwand verloschen, flötete Ava: „Ja, da hast du gestaunt, oder?"

Lenna hob eine Augenbraue und Ava starrte sie ungläubig an. „Wirklich? Du hast unser Gemeinschaftsprojekt nicht entdeckt?"

Lenna zögerte. „Ich bin nicht sicher."

„Willst du es ihr erzählen, Tim?"

„Okay", antwortete er mit leicht geröteten Wangen. „Na ja, an dem Tag hat unsere Gruppe Avas Gruppe getroffen, und Ava hatte ein Herz gelegt. Da hab ich einfach so aus Spaß eins dazu gelegt und unsere Namen in den Sand geschrieben. Dann hat Linus ein Foto von der Möwe gemacht und da waren die Herzen zufällig mit drauf. Ich hab Ava gebeten, dir nichts zu verraten. Und anscheinend hat sie das auch wirklich geschafft!"

„Sagen wir es mal so. Wenn wir nicht diese kleine Überraschung geplant hätten, hätte ich es bestimmt schon vorher verraten."

„Das glaube ich auch, Ava", warf Shaun ein und küsste sie auf die Wange.

Lennas Herz war gerade aufgeblüht wie der Hummelblütenbaum in ihrem Garten. Es war ihr egal, wenn die anderen Jungs sie vielleicht mit dem Bild aufziehen würden. „Tim plus Lenna", flüsterte sie. Tim griff sanft nach ihrer Hand und sah aus, als würde er sie nie mehr loslassen wollen.

Da knistert es aber ganz schön zwischen Tim und Lenna! Wenn du wissen willst, wie es mit den beiden weitergeht, blättere zu Seite 50.

Voll verknallt

Lenna wandte sich Luis zu. „Ich fand auch, dass das ein ganz besonderer Tag war."

Sie bekam aus dem Augenwinkel mit, wie Tim sie und Luis von der anderen Seite des Innenhofs aus beobachtete und dann durch das große Tor ging, das zur Vorderseite der Herberge führte. Während Luis locker weiterplauderte, hatte Lenna es sehr eilig, Tim zu folgen. „Du, sorry, wenn ich dich unterbreche, aber wollen wir nicht auch zu den anderen gehen? Vielleicht machen wir ja noch alle was zusammen."

Luis atmete tief durch, dann antwortete er angespannt: „Ja, warum nicht?" Er folgte Lenna, die sich dabei ertappte, dass sie eher rannte, als zu gehen.

Auf dem Platz vor dem Haus hatte sich über die Hälfte der Klasse versammelt. Lenna scannte alles nach Tim ab, doch im nächsten Moment wünschte sie sich, dass sie doch lieber im Innenhof geblieben wäre. Da stand Tim, hinter der Bank mit den Bäumen, die Ava und Lenna als ihren Lieblingsplatz auserkoren hatten, und ging geradewegs auf Mieke zu. Die klimperte mit ihren Wimpern, sie unterhielten sich eine Weile,

und dann ... Lennas Kinnlade fiel herunter. Tim küsste Mieke. Trotz allem, was Mieke abgezogen hatte, hatte Lenna damit irgendwie nicht gerechnet. Luis, der noch immer neben Lenna stand, hatte mittlerweile auch mitbekommen, was Lennas Aufmerksamkeit beanspruchte. „Also, ich geh dann mal", raunte er, doch Lenna hielt ihn zurück.

„Nee, bitte, bleib doch. Können wir irgendwo reden?"

Luis deutete auf den Spielplatz auf der anderen Seite. Lenna folgte ihm dorthin. Sie fühlte sich, als wäre sie gerade aus einem sonderbaren Traum erwacht. Luis, den sie auch schon seit der ersten Klasse kannte, war ein eher ruhiger Typ, der allerdings sehr ansteckend lachen konnte. Lenna wollte auf keinen Fall, dass er sich schlecht von ihr behandelt fühlte.

Sie setzten sich ganz oben auf das Klettergerüst. „Hey Luis, es tut mir leid, das ist eben irgendwie komisch gelaufen."

„Manchmal ist eben alles ganz anders als gehofft", entgegnete er kühl. Lenna sah ihn fragend an und zum ersten Mal fiel ihr auf, dass Luis' blonde Haare genauso glänzten wie seine blaugrünen Augen. Er machte oft einen auf lässig, aber da war noch eine andere Seite an ihm. Er gab einem das Gefühl, dass er wirklich für einen da war, wenn es darauf ankam.

Luis begann, auf einem dicken Stück Holz zu balancieren. „Ich übe schon mal für morgen. Bin gespannt, wie es in diesem Kletterpark wird." Er klang noch immer unterkühlt und Lenna konnte es sogar verstehen. „Ich freue mich schon richtig drauf", fügte er sanfter hinzu.

„Ach, für mich wird es glaube ich nicht so toll. Ich bin nicht so sportlich wie die meisten anderen. Und klettern? Na ja. Ich habe gehört, dass es sogar Stellen gibt, wo man sich in die Tiefe abseilen muss." Luis war zu Lenna zurückbalanciert.

„Kein Problem, das schaffst du schon! Und sonst fang ich dich eben auf." So wie er es sagte, klang es irgendwie ganz selbstverständlich, doch Lenna war plötzlich verwirrt.

Als sie Ava später ihr Herz ausschüttete, horchte die spätes-

83

tens bei diesem Satz auf. „Er will dich auffangen? Also, mal davon abgesehen, dass das wohl Matsch ergeben würde, finde ich es total süß!"

„Hey", rief Lenna und warf grinsend ein Kissen nach ihrer Freundin. „Aber du hast recht, es ist wirklich süß."

Ava schnappte sich das Kissen. „Ganz im Gegensatz zu Tim! Er hat sich leider falsch entschieden. Sein Problem. Na ja, deins natürlich auch irgendwie, aber weißt du was? Vielleicht hast du die ganze Zeit gedacht, es gibt nur einen, den du so richtig klasse findest, aber so etwas kann sich ja auch ändern. Und wenn Tim dann bemerkt hat, mit was für einer Zicke er es wirklich zu tun hat, ist es wohl zu spät."

Lenna schmiss sich aufs Bett. „Jedenfalls wird es ein spannender Tag, so viel ist mal sicher."

Am nächsten Morgen wachte Lenna voller Vorfreude auf. Als der Busfahrer sie jedoch am *Kraxlmaxe* rausließ und Lenna erkannte, wie hoch bereits die niedrigsten Kletterbereiche waren, stockte ihr der Atem. „Ach, du Schreck", hauchte sie.

„Du musst doch nicht alles mitmachen. Wenn es dir zu wild wird, hörst du einfach auf", beruhigte Ava sie und hakte sich bei Lenna unter.

„Da wird mir wohl auch kaum etwas anderes übrig bleiben. Wenn ich erst mal in diese Höhenangst verfalle, geht gar nichts mehr."

Bevor es losging, mussten sich alle in Klettergurte zwängen und Helme aufsetzen. Frau Edelmaier wollte nicht mit klettern, sondern unter dem Parcours entlanggehen, Herr Becker dagegen war Feuer und Flamme.

Ein Trainer der Anlage trommelte die Klasse zusammen und erklärte das Sicherungssystem. „Ihr müsst immer an den markierten Stellen euren Karabiner in die Rolle einklinken und schon seid ihr sicher. Ganz easy. Während einer Übung dürft ihr nicht umhängen, erst wenn es weitergeht. Traut euch und habt Spaß, das ist das Wichtigste. Es ist immer jemand in der Nähe, der euch helfen kann."

Lennas Blick fiel auf Luis. Er stand ein Stück entfernt und zwinkerte ihr zu. Mieke verschob zum tausendsten Mal den Helm auf ihrem Kopf. Vielleicht hatte sie Bedenken, dass sie damit nicht gut genug aussah. Tim, der neben Mieke stand, vermied es, Blickkontakt zu Lenna aufzunehmen.

Als sie an der Reihe war, wurde ihr nach kurzer Zeit klar, dass das hier schlimmer für sie war als gedacht. Der Wackelbalken unter ihr gab natürlich keinen Halt, und die Vorstellung, in die Tiefe zu fallen, machte ihr eine Riesenangst. Sie kam nur so langsam voran, dass sich hinter ihr schon ein kleiner Stau bildete. Irgendwie biss sie sich aber durch und schaffte es bis zur ersten Plattform. Dort ruhte sie sich erst mal aus und ließ einige ihrer Klassenkameraden und auch andere Besucher passieren.

„Und?", fragte Luis fröhlich, der neben ihr aufgetaucht war. Lenna versuchte, nicht mehr so zu schnaufen.

„Na ja, es ist ganz schön hoch, jedenfalls für mich. Peinlich, oder?"

„Quatsch, warum das denn?"

Lenna spürte, dass er es ernst meinte und es nicht nur einfach so sagte.

„Versuch doch noch eine Übung, und wenn es so unangenehm bleibt, dann könnten wir ja einfach zusammen unten spazieren gehen. Fester Boden unter den Füßen ist schließlich auch nicht schlecht."

„Aber du hast dich doch so aufs Klettern gefreut!"

Luis beugte sich lächelnd zu Lenna herüber und flüsterte: „Aber auf dich hab ich mich auch gefreut."

Lenna merkte, dass sie von innen strahlte, denn es wurde ganz warm in ihrem Bauch. Luis schaffte es mit wenigen Worten, dass sie sich gut fühlte.

„Danke", flüsterte sie und konzentrierte sich dann auf die nächste Übung. Es waren Seile, die wie Schlaufen hintereinander aufgehängt waren, noch mal um einiges wackeliger als die Balken zuvor. „Hab ruhig Vertrauen in deine Sicherung. Die trägt dich im Notfall, echt!", sagte Luis ruhig. So ähnlich hatte der Trainer es auch schon ausgedrückt, aber jetzt begann Lenna es wirklich zu glauben.

Sie schlug sich gar nicht schlecht und Luis blieb die ganze Zeit so dicht wie möglich hinter ihr. Spaß machte es Lenna aber trotzdem nicht. Auf der nächsten Plattform angekommen, überlegte sie, wie sie am besten auf Luis' Angebot zurückkommen könne, aber er kam ihr zuvor. „Dein Gesicht sagt mir, dass du genug hast. Wollen wir runter?"

Lenna nickte glücklich. Sie gaben einem Trainer Bescheid, der unten herumlief. Als Lenna wieder festen Boden unter ihren Füßen hatte, ließ sie erleichtert die Schultern sinken. Sie gaben die Ausrüstung am Eingang ab und machten sich auf den Weg durch den Wald. Immer wieder tauchten Klassenkameraden über ihnen auf, irgendwann auch Ava, die mit Shaun als Letzte der Gruppe gestartet war. „Hey, seid ihr jetzt auch Trainer? Oder wollt ihr lieber mit Frau Edelmaier spazieren gehen?" Sie grinste breit und winkte.

„Alles besser als dieses Geschaukel da oben."

„Geht schon mal zu dem Netz so ziemlich am Ende. Dann kannst du ein Foto machen, wie ich da reinspringe. Das sieht bestimmt scharf aus", freute sich Ava.

„Ist gut, bis dann!"

Bald nahmen Lenna und Luis die Kletterer über ihren Köpfen gar nicht mehr wahr. Sie liefen durch den Wald und redeten miteinander, als hätten sie sich heute zum ersten Mal getroffen. Lenna hatte Luis immer nett gefunden, aber dass er ihr einmal ein solch wunderbares Gefühl geben würde, hätte sie nicht gedacht. Kurz bevor sie beim Ende des Parcours ankamen, nahm Luis Lennas Hand in seine. Ihr Herz machte mindestens einen ebenso großen Sprung wie Ava, die mit ausgestreckten Armen in das gefühlt meterweit entfernte Netz sprang. Ava nahm es ihrer Freundin später nicht übel, dass die in solch einem besonderen Moment vergessen hatte, ein Foto von ihr zu schießen.

Als Lenna am Abreisetag ihren Koffer über den Gang hinter sich herzog, fiel ihr jeder Schritt schwerer.

„Zieh doch nicht so ein Gesicht. Wir sehen uns doch alle weiterhin ständig in der Schule!", versuchte Ava ihre Freundin aufzumuntern.

„Ich weiß, aber das ist nicht dasselbe. Es war so genial mit Luis die letzten Tage! Und so intensiv werden wir zu Hause wohl kaum Zeit miteinander verbringen können."

„Erst mal habt ihr doch noch die ganze Busfahrt vor euch. Genauso wie Shaun und ich!" Ava sprühte nur so vor guter Laune. Und auch Luis konnte nicht verbergen, dass er sich riesig freute, neben Lenna im Bus zu sitzen. Tim und Mieke jedoch saßen nicht nebeneinander. Lenna hatte sie die letzten zwei Tage kaum noch zusammen gesehen.

Die erste halbe Stunde redete sie mit Luis über die Klassenfahrt und überhaupt alles Mögliche, und Lenna wunderte sich, wie gut man sich auch mit einem Jungen unterhalten konnte. Jedenfalls mit *diesem* Jungen. Während Luis ihr von seinem Hund erzählte und so unglaublich süß dabei aussah, spürte Lenna einen Mut-Impuls in ihrem Bauch. „Habt ihr auch ein Haustier?", endete Luis die Liebeserklärung an seinen treuen Kameraden.

„Nein", antwortete Lenna und näherte sich Luis mit ihrem Gesicht. Er wich kein bisschen zurück, im Gegenteil. Dann küssten sie sich und in Lennas Bauch explodierte ein Feuerwerk. Sie verlor selig jegliches Zeitgefühl und hatte plötzlich gar keine Angst mehr, dass sich daran nach der Klassenfahrt etwas ändern würde.

Ende

Best Friends Forever?

„Ava, es stimmt zwar, dass wir die ganze Zeit darüber geredet haben, in ein Zimmer zu gehen, allerdings haben wir auch darüber gesprochen, dass ich in Tims Nähe sein möchte, um ihm so oft wie möglich zu begegnen. Du hast mich doch ermutigt, hier auf der Klassenfahrt meine Chance zu ergreifen", flüsterte Lenna, denn sie wollte nicht, dass die anderen etwas mitbekamen.

„Du kannst doch wenigstens mit mir nach oben kommen und dann können wir immer noch weitersehen!", antwortete Ava enttäuscht.

„Dann ist aber bestimmt das Zimmer hier unten neben Tim weg! Ich bleibe also hier!", sagte Lenna jetzt etwas lauter. Sie konnte Ava einfach nicht verstehen. Ihr war erst kürzlich aufgefallen, dass sie auf Shaun stand, aber Lenna war jetzt schon seit Monaten an Tim interessiert, außerdem stand ihr immer wieder ihre Schüchternheit im Weg. Wenn sie wäre wie Ava, wäre es ihr egal, wo sie ein Zimmer beziehen würde. Oder?

Ava rümpfte die Nase. „Weißt du was, Lenna? Dann gehen wir eben wirklich in getrennte Zimmer. Bleibt ihr nur alle hier unten, ich finde schon ein Zimmer oben. Bis später."

Sie drehte sich beleidigt um, schnappte ihren Koffer und verschwand ins Treppenhaus. Lina und Merle warfen sich einen überraschten Blick zu. Lenna zuckte mit den Schultern und ging mit festem Schritt zum auserwählten Zimmer. Lina und Merle folgten ihr zögerlich.

Als die drei Mädchen ihre Betten bezogen hatten, fiel Lennas Blick auf das leere Bett, in dem jetzt eigentlich Ava liegen sollte. Mit wem hatte sie sich wohl zusammengetan? Sollte Lenna sofort hochgehen und die Sache klären? Sie horchte bei jedem Geräusch auf dem Flur auf und hoffte, dass Ava es sich anders überlegt hatte. Warum war sie denn so stur? Lenna hatte gedacht, sie wären sich schon im Vorfeld einig gewesen. Die Wut, die sie bis eben gespürt hatte, war plötzlich verschwunden. Enttäuschung machte sich in ihrem Bauch breit. Irgendwie war alles so schnell gegangen und absolut blöd gelaufen. Lenna warf einen verstohlenen Blick auf ihr Handy. Natürlich hatte Ava keine Nachricht geschickt. Ob sie auch gerade eine Etage höher geknickt auf ihrem Bett saß?

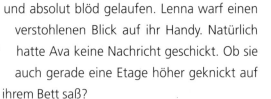

Lenna lauschte eine Weile dem Gespräch von Lina und Merle, die sich über ihr Tanzprojekt zu Hause unterhielten, und entschloss sich, mal vorsichtig einen Blick auf den Flur zu werfen. Sie öffnete die Tür und lugte hinaus. In diesem Moment trat Tim aus dem Nachbarzimmer. Erst wollte Lenna ihren Kopf schnell zurückziehen, entschied sich dann aber dagegen und trat entschlossen in den Gang.

„Oh, hi!", sagte Tim.

„Hallo!", antwortete Lenna verkrampft.

Tim schwieg, sah Lenna aber neugierig an. Ihr fiel allerdings nichts ein, was sie mal eben so locker von sich geben könnte. Zum Glück stolperten jetzt auch die anderen Jungen aus dem Zimmer und liefen den Gang entlang zur Treppe ins Erdgeschoss. „Kommst du?", rief Linus.

Bevor er sich zum Gehen wandte, schenkte Tim Lenna ein Lächeln. „Bis später!", flüsterte er. Es lag etwas in seinem Blick, das in ihrem Bauch eine kleine, zauberhafte Sonne scheinen ließ. Sie fühlte sich gerade genau wie zu der Zeit, als sie Tim auf der Bühne gesehen und sich Hals über Kopf in ihn verliebt hatte. Damals hatten plötzlich ihr Gesicht und

ihre Hände gekribbelt und ihr Herz raste. Wenn sie die Begegnung mit Tim doch nur sofort mit Ava teilen könnte!
Beim Abendessen setzte die sich wie selbstverständlich mit Marie und Rabea, ihren spontanen Mitbewohnerinnen, an einen Tisch. Das konnte doch alles nicht wahr sein! Lenna setzte sich dazu, weil sie nicht wollte, dass wegen dieser Sache plötzlich alles so komisch zwischen ihnen war. Ava sagte die ganze Mahlzeit über keinen Ton und kaute lustlos über ihren Teller gebeugt vor sich hin.
Beim Nachtisch aber fing Lenna Avas Blick auf. Derart be-

drückt hatte sie ihre Freundin schon lange nicht mehr erlebt. So konnte es doch nicht weitergehen! Gleich nach dem Essen würde Lenna auf Ava zugehen und das Gespräch mit ihr suchen. Allerdings wollte sie sich bis dahin darüber im Klaren sein, was sie zu ihr sagen wollte. Sollte Lenna einlenken und zu Ava umziehen? Oder sollte sie Ava davon überzeugen, dass die Sache mit Tim einfach wichtig für sie war und es ihrer Freundschaft nicht schadete, wenn sie nun doch kein Zimmer teilten?

Ava hatte in Windeseile ihren Nachtisch aufgegessen. Sie stand auf und hastete auf den Geschirrwagen zu. Lenna lief ihr hinterher.

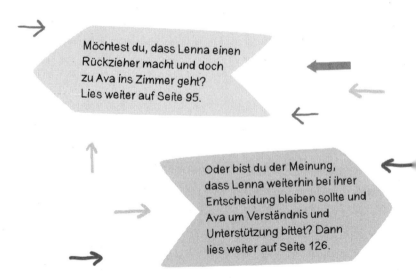

Möchtest du, dass Lenna einen Rückzieher macht und doch zu Ava ins Zimmer geht? Lies weiter auf Seite 95.

Oder bist du der Meinung, dass Lenna weiterhin bei ihrer Entscheidung bleiben sollte und Ava um Verständnis und Unterstützung bittet? Dann lies weiter auf Seite 126.

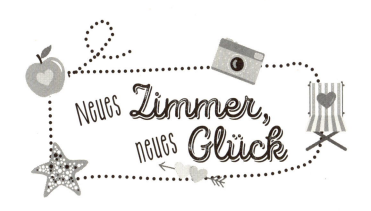

Neues Zimmer, neues Glück

„Ava, warte mal!" Lenna eilte ihrer Freundin hinterher. Ava stellte ihr Geschirr ab und drehte sich langsam zu Lenna um. „Mann, ich will nicht, dass es so zwischen uns ist. Das kann doch kein Mensch aushalten!"

Ava seufzte. „Du hast recht. Eigentlich wollten wir es uns hier doch so richtig schön machen."

„Wie wäre es, wenn ich doch zu dir ins Zimmer ziehe? Wäre da noch ein Bett für mich frei?", fragte Lenna versöhnlich.

Avas Augen begannen zu leuchten. „Echt, das würdest du tun? Natürlich ist da noch ein Bett für dich frei!" Sie umarmte Lenna überschwänglich. Und auch Lenna fiel in diesem Moment ein Felsblock vom Herzen.

Marie und Rabea waren natürlich schon eingeweiht, als Lenna mit Sack und Pack ins neue Zimmer stiefelte. Lina und Merle waren zwar überrascht gewesen, hatten aber verständnisvoll auf Lennas Auszug reagiert.

Ava stürmte auf Lenna zu. „Hey, da bist du, wunderbar!" Sie strahlte übers ganze Gesicht.

Noch bevor Lenna ihre Sachen abgestellt hatte, schaute Shaun durch die halb geöffnete Tür ins Zimmer. „Hi Mädels!", rief er und Lenna musste grinsen.

„Könntest du mal eben rauskommen?",
fragte Shaun Ava und
lächelte so einneh-
mend, dass es sicher
jedem schwergefallen wäre,
Nein zu sagen.

Ava warf Lenna einen fragen-
den Blick zu. „Geh schon, bis gleich!",
flüsterte Lenna ihrer Freundin zu. Lennas Laune hatte sich seit dem Umzug schlagartig verbessert. Endlich war alles wieder entspannt. Als Ava jedoch auch nach einer halben Stunde noch nicht zurück war, wurde sie unruhig. Längst hatte sie alles ausgepackt und sich eingerichtet. Mit Marie und Rabea hatte sie kein Wort gewechselt, denn bisher kannten sie sich kaum und die beiden waren eher ruhig und schüchtern.

Eigentlich hatten Ava und sie gemeinsam zum Spieleabend runtergehen wollen, aber da Ava nicht zurückkam, beschloss Lenna, allein hinzugehen. Vielleicht würde sie Ava auf dem Weg dorthin treffen.

Als sie den Aufenthaltsraum betrat, traute sie ihren Augen nicht. Ava saß mit Shaun und Luis in einer Ecke und spielte *Tabu*. Lenna blieb wie angewurzelt im Türrahmen stehen und starrte Ava an. Aus der anderen Ecke drang ein hohes Kichern an ihr Ohr. Sie wandte den Kopf zu Mieke, die gerade Tim schöne Augen machte. Das

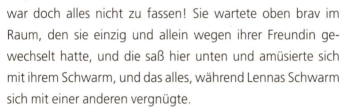

KLIMPER WIMPERN

war doch alles nicht zu fassen! Sie wartete oben brav im Raum, den sie einzig und allein wegen ihrer Freundin gewechselt hatte, und die saß hier unten und amüsierte sich mit ihrem Schwarm, und das alles, während Lennas Schwarm sich mit einer anderen vergnügte.
In Lennas Bauch stach es vor Wut und Enttäuschung. Endlich hatte Ava sie entdeckt und sprang auf.
Lenna eilte den Flur entlang und Ava folgte ihr. „Hey, nun warte doch mal!" Sie hatte Lenna eingeholt und legte ihr eine Hand auf die Schulter. „Mann, das tut mir total leid! Irgendwie hat sich das so ergeben. Shaun und ich haben echt nett geredet, und dann hat er mich gefragt, ob wir etwas zusammen spielen wollen, und als er mich so angelächelt hat, hab ich eine Weile alles um mich herum vergessen."
Lenna biss sich auf die Lippe, um nicht loszuschreien. „Und ich sitze da oben allein in dem Zimmer, in das ich wegen dir gezogen bin, während Mieke hier unten mit Tim flirtet und

ich es nicht mitbekomme! Du hättest doch wenigstens kurz vorbeikommen können, bevor ihr hier in den Abend startet!", zischte sie.

Ava nickte schuldbewusst. „Das stimmt, und ich verstehe absolut, dass du sauer bist. Bitte komm mit rein, ich mach es wieder gut."

Eine Weile standen die beiden sich im Flur gegenüber, bis Lenna zum Aufenthaltsraum zurücklief und Ava ihr folgte. Zwar hatte sie keine Lust auf Spiele, aber so, wie es aussah, hatte sich nahezu die ganze Klasse hier versammelt, und mit den stillen Mädels Marie und Rabea oben im Zimmer zu hocken, war auch keine verlockende Option.

Ava zog sie sanft mit sich zum Tisch, wo Shaun und Luis saßen. Frau Edelmaier, die neben Herrn Becker in der Nähe der Fenster saß, erhob sich. „Ihr Lieben, wer sich noch nicht in Gruppen für die Fotosafari morgen zusammengefunden hat, möge das bitte tun. Ab jetzt erinnere ich euch nicht mehr daran. Morgen nach dem Frühstück müsst ihr dann euer Thema gefunden haben."

Sofort fiel Lennas Blick wieder auf Tim. Mittlerweile spielte er mit Mieke, Amelie und Linus ein Spiel namens *Kurzschluss*. Einem Kurzschluss war auch Lenna sehr nah. „Sag nicht, dass er schon sein Team ausgewählt hat!", flüsterte Lenna Ava zu.

Die schaute verlegen zu Boden, bevor sie in sanftem Tonfall antwortete: „Sieht leider so aus. Aber du kannst zu Shaun,

Luis und mir ins Team, wenn du möchtest!" Lennas Augen verengten sich zu Schlitzen und Ava plapperte aufgeregt weiter. „Wir haben das alles noch nicht so ganz genau besprochen, weil wir ja auf dich warten wollten! Du hattest doch auch schon Ideen für ein Thema!"

Lenna wünschte sich eine Fernbedienung, denn sie hatte den Eindruck, im falschen Film gelandet zu sein. Leider war sie gerade unfähig, das, was in ihr vorging, in irgendeiner Form zum Ausdruck zu bringen. Alles, was sie erwiderte, war „Aha". Und weil Ava wohl nichts Falsches mehr sagen wollte, verlief der Abend ohne weitere Gespräche zwischen den Freundinnen.

Lenna beobachtete Tim und Mieke, was ihre Laune natürlich nicht verbesserte.

Am nächsten Morgen hatte sich nichts geändert. Ja, es war ein neuer Tag, die Sonne schien, und immer wieder ermahnte sie sich, sich zu entspannen und abzuwarten, was heute so passieren würde. Allerdings wollte sie sich nicht noch mal so fremdbestimmt fühlen wie gestern und deshalb musste sie die Dinge selbst in die Hand nehmen. Die Chance, mit Tim in ein Team zu gehen, war zwar vertan. Doch ein klärendes Gespräch mit Ava stand auf jeden Fall noch an.

Auf dem Weg zum Frühstück nahm Lenna ihre Freundin im Gang zur Seite, denn im Zimmer vor Marie und Rabea hatte sie Ava nicht ansprechen wollen. „Bitte warte mal eben."

Ava zog die Augenbrauen hoch. „Ja?"

Lenna atmete tief durch. „Ich bin echt sauer auf dich. Ich kann nicht begreifen, dass du gestern, nachdem alles so blöd für mich gelaufen war, einfach so getan hast, als wäre das keine große Sache. Vor der Klassenfahrt hast du mich die ganze Zeit ermutigt, auf Tim zuzugehen. Gestern hätte ich das tun können, stattdessen saß ich dir zuliebe in einem neuen Zimmer und du hast mich dort einfach sitzen lassen."

Ava verschränkte die Arme vor dem Körper und beobachtete Lenna mit einer sonderbaren Mischung aus Unsicherheit und Trotz.

Da sie nichts sagte, redete Lenna weiter.

„Und jetzt bist du mit Shaun in einem Team, und Tim vergnügt sich heute mit Mieke, die vor ihm mit ihren langen Wimpern klimpern wird."

Ava richtete sich auf. „Es geht hier also nur um Tim, gar nicht um uns, oder? Wir streiten uns wegen eines Typen, und das, obwohl du gar nicht weißt, ob er das überhaupt wert ist?"

Jetzt schluchzte Ava. „Und das alles noch vor dem Frühstück! Ich dachte, wir hätten das gestern geklärt, aber jetzt fühle ich mich total mies. Vielleicht mache ich heute auch gar nicht mit und hau ab."

Natürlich war es Lenna nicht neu, dass Ava gerne mal theatralisch reagierte. Dummerweise ging es aber plötzlich gar nicht mehr um die Sache, sondern nur noch um Ava. Und das stank Lenna gewaltig. Natürlich wollte sie nicht, dass Ava abhaute, aber es ging doch auch nicht immer nur um sie. Als die beiden sich das letzte Mal gestritten hatten, hatten sie tagelang gelitten und Lenna war hinterher richtig erschöpft gewesen. Darauf hatte sie auf der Klassenfahrt nun wirklich keine Lust. Aber war es deshalb richtig, ihren ganzen Frust einfach herunterzuschlucken? Lenna merkte, wie ihr die Tränen in die Augen stiegen. Dieses Mal wollte sie diejenige sein, die aktiv einen Schritt machte.

Möchtest du, dass Lenna sich aufs Mädchenklo zurückzieht und sich erst mal Zeit für sich und ihre Gefühle nimmt? Dann lies weiter auf Seite 102.

Oder findest du es besser, wenn Lenna jetzt die Chance nutzt, um mit Ava Grundsätzliches zu besprechen, was ihre Freundschaft angeht? Lies weiter auf Seite 107.

101

Ende gut, alles gut?

Lenna ließ Ava stehen und lief den Flur entlang. Jemand kam ihr schnellen Schrittes entgegen. Auch das noch, es war Tim! Sie blieb schlagartig stehen und drehte sich zur Wand. Dort hing ein Poster, auf dem eine Gruppe Kinder im Watt spielte, und Lenna tat so, als würde sie es ganz genau unter die Lupe nehmen. Sie kämpfte gegen ihre Tränen an, aber es gelang ihr nicht. Gnadenlos rannen sie ihr über das Gesicht. Leider verlangsamten sich die Schritte jetzt und Tim blieb hinter ihr stehen.

„Lenna?", fragte er besorgt.

Sie drehte sich langsam um und gerade in dem Moment hüpfte ein besonders großes Tränenexemplar direkt auf ihre Wange. Tim sah sie fragend an.

„Ich muss dann mal!", rief Lenna heiser und rannte an Tim vorbei zum Klo. Sie schloss die Tür und lehnte sich an die

Wand. Die ganze Zeit wollte sie Tim begegnen, vor allem allein. Aber doch nicht so, traurig und verheult!

Ava hatte sich wirklich unmöglich benommen. Trotzdem spürte Lenna jetzt einen fiesen, schweren Stein mit der Inschrift „schlechtes Gewissen" in ihrem Magen liegen. Sie schloss die Tür wieder auf, wusch sich Gesicht und Hände mit kaltem Wasser und machte sich auf den Weg zu ihrem Zimmer. Dieses Mal wurde sie verschont und begegnete niemandem auf dem Weg. Sicher waren alle mit ihren Gruppen und Projekten für die Fotosafari beschäftigt.

Vorsichtig öffnete Lenna die Tür und lugte ins Zimmer. Da saß Ava mit aufgequollenen roten Augen auf dem Bett. Als sie Lenna bemerkte, sprang sie auf und fiel ihr um den Hals.

„Es tut mir so leid."

„Mir auch", flüsterte Lenna.

„Ich hab wirklich Mist gebaut und es irgendwie nicht kapiert, bis du weinend weggelaufen bist. Ich hab so gehofft, dass du hierherkommen würdest." Ava löste sich sanft aus der Umarmung, um Lenna ins Gesicht zu schauen. „Verzeihst du mir?"

Lenna seufzte. „Ja. Wir hatten einen echt holprigen Start hier, obwohl du es ganz anders vorausgesagt hast. Also, Wahrsagerin solltest du nicht werden." Lenna schmunzelte und auch Ava konnte wieder lächeln.

„Wollen wir einen Strandspaziergang machen? Unsere Fotogruppen haben wir nun ja auch verpasst. Was hältst du davon, wenn wir am Meer quatschen und nebenbei einfach ein paar Fotos schießen?"

„Deine beste Idee, seit wir hier sind", neckte Lenna ihre Freundin, die so aussah, als wäre eine Riesenlast von ihren Schultern gepurzelt.

Lenna und Ava schlenderten barfuß über den Sand. Eine warme Brise streichelte Lennas Gesicht und sie war richtig stolz, dass sie die Situation, die noch vor einer halben Stunde ausweglos wirkte, so gut hinbekommen hatten.

Sie fanden sogar ziemlich schnell ein Thema für das Fotoprojekt. „Close-up" sollte es heißen. Auf diese Weise konnten sie alles Mögliche, was ihnen unter die Linse kam, aus nächs-

ter Nähe fotografieren: Muscheln, Möwenfedern, Muster jeglicher Art.

„Ich weiß, es ist bisher auch mit Tim alles andere als ideal gelaufen, aber ich bin sicher, es wird während der Klassenfahrt noch genügend Möglichkeiten geben, um ihm näherzukommen."

Doch damit lag Ava leider falsch. Lenna begegnete Tim nicht ein einziges Mal, ohne dass er von seinen Jungs umringt war. Zwar hatte Ava einen Vorstoß gewagt und Shaun darauf angesetzt, wenigstens mal für eine Weile die anderen Jungs von Tim wegzulotsen, aber auch das ging nach hinten los. Denn gerade als Lenna all ihren Mut zusammengenommen hatte und mit ein paar zurechtgelegten Worten auf Tim zugehen wollte, war Mieke schneller gewesen und hatte Tim in Beschlag genommen.

Am letzten Abend konnten Lenna und Ava nicht einschlafen. Sie saßen auf Lennas Bett und hatten sich mit dem Rücken an die Wand gelehnt, während Marie und Rabea längst schliefen, und genossen ihren ganz eigenen Klassenfahrtsrückblick. Statt Schäfchen zu zählen, vergaben sie Punkte auf einer Skala von eins bis zehn für verschiedene Themen. Ein Thema waren auch die Jungs. „Ich würde sagen, eine Acht wäre passend!", flüsterte Ava. „Wir haben uns klasse verstanden, viel gelacht und dreimal Händchen gehalten." Sie strahlte bis zu den Ohren, als sie jedoch mitbekam, dass Lenna nicht mitzog, erstarb ihr Lächeln augenblicklich.

„Ich kann leider nur eine Zwei vergeben. Mit Tim und mir wäre bestimmt mehr drin gewesen, aber irgendwie sollte es wohl einfach nicht sein."

Ava schmiegte ihren Kopf an Lennas Schulter. „Ich weiß. Und das tut mir total leid. Aber wer weiß, manchmal kommt ja auch alles ganz anders, als man denkt. Vielleicht geht es ihm genau umgekehrt und er traut sich erst, wenn wir wieder zu Hause sind."

„Wenn er überhaupt an mir interessiert ist. Vielleicht steht er viel mehr auf Mieke. Es sah jedenfalls für mich die letzten Tage danach aus."

Ava strich Lenna sanft über das Gesicht. „Also, ich hatte den Eindruck, dass Mieke deutlich interessierter an ihm ist als er an ihr. Und wenn er doch auf sie steht, ist er erstens blind und es zweitens nicht wert."

„Danke", sagte Lenna gerührt. Wenn es etwas gab, wofür sie dankbar war, dann für die Freundschaft mit Ava, die das Talent hatte, nahezu allem etwas Positives abzugewinnen. Wenn sie nicht gerade in den Dramahimmel abhob, natürlich.

Ob sich Lenna und Tim wohl doch noch näherkommen? Wenn du es erfahren willst, lies weiter auf Seite 65.

Drama-Queen

„Ava, weißt du was? Ich hab es echt satt, dass du immer so übertreibst. Und dass du mir gar nicht richtig zuhörst und einfach weglaufen willst. Das ist leider nicht das erste Mal und das finde ich schade. Ich muss doch auch mal meine Meinung sagen können, ohne dass gleich das Drama ausbricht!" Avas Augen füllten sich mit Tränen. Lenna fuhr etwas sanfter fort. „Du bist auch nicht auf mich eingegangen, als ich in das Zimmer neben Tim ziehen wollte. Später bin ich dir in dein Zimmer gefolgt und du hast mich dort einfach vergessen und bist mit Shaun losgezogen. Wenn es umgekehrt so passiert wäre, wie würdest du dich denn fühlen?" In Lennas Hals hatte sich ein Kloß gebildet. Auch Ava schluckte. Es sah aus, als wollte sie etwas antworten, doch die Worte blieben ihr in der Kehle stecken. Sie wischte sich

mit dem Handrücken die Tränen aus dem Gesicht, dann
stolzierte sie trotzig den Flur
entlang und nach draußen.
Lenna musste sich erst mal
setzen. An der anderen Seite
des Flures stand ein Tisch mit
vier Stühlen, von dem sich gerade
eine kleine Gruppe Schüler einer an-
deren Klasse erhob. Lenna ließ sich auf einen Stuhl an der
Wand fallen und versuchte, sich zu sortieren und sich den
Streit von eben ganz genau ins Gedächtnis zu rufen. War sie
zu hart zu Ava gewesen? Hatte sie sie unnötig verletzt?
Lenna war sich nicht sicher, allerdings stellte sie fest, dass
ihre Freundin noch immer kein bisschen Stellung genommen
hatte, und das ärgerte sie. Am besten ging sie ihr hinterher.
Wenn sie Ava wiederfand, hatte die sich vielleicht schon be-
ruhigt, und die beiden konnten entspannt über das Ganze
sprechen. Manchmal verstand sie Ava einfach nicht, das lag
allerdings auch daran, dass sie vom Temperament her sehr
verschieden waren. Oft hatte das auch etwas Gutes. Außerdem, so aufbrausend Ava auch sein konnte, sie hatten sich
bisher immer wieder vertragen und beide waren nach einer
Weile stets einsichtig.
Lenna sah ihre Freundin vor sich und wie sie geweint hatte,
während Lenna ihr Vorwürfe gemacht hatte. Plötzlich hatte

sie es noch eiliger, Ava zu finden und in ihre Arme zu schließen. Vor dem Ausgang traf sie auf Tim, der auf einer Bank saß und aussah, als würde er auf jemanden warten.

„Hi Lenna!", rief er ihr fröhlich entgegen. „Ist alles okay?", fragte Tim, sobald Lenna nähergekommen war. „Du bist irgendwie so blass", fügte er leise hinzu.

Es tat Lenna gerade richtig gut, dass Tim sich nach ihr erkundigte. Und ohne dass sie es beeinflussen konnte, sprudelte es nur so aus ihr heraus. „Ava und ich haben uns gestritten, und jetzt ist sie einfach weggerannt, und überhaupt ist alles gerade voll daneben." Lenna wunderte sich über sich selbst. Sonst brachte sie in Tims Nähe kaum ein brauchbares Wort heraus, und jetzt schüttete sie ihm ihr Herz aus. Als ihr das bewusst wurde, war es ihr plötzlich unangenehm und sie hätte es gerne zurückgenommen, doch plötzlich umarmte Tim sie. Einfach so. Lenna wusste kaum, wie ihr geschah. Er roch nach frischer, im Wind getrockneter Wäsche.

„Weißt du was?", sagte er und löste sich vorsichtig von ihr. „Ich helfe dir dabei, Ava zu suchen. Ich warte sowieso schon eine Ewigkeit auf Linus, vermutlich hat er die Zeit vergessen."

„Wow, das ware, einfach, na ja, total toll", stotterte Lenna. Tim hatte schon sein Handy gezückt. „Ich schreib Linus schnell eine Nachricht. Auf diese Fotosache habe ich sowieso wenig Lust. Wir konnten uns nicht wirklich auf irgendetwas einigen, weil Mieke die ganze Zeit rumzickt." Lennas Herz machte einen schmetterlingsleichten Looping, sie versuchte aber, es sich nicht zu sehr anmerken zu lassen.

„Erst mal zum Strand, oder?", fragte Tim aufmunternd.

„Gute Idee. Das wäre auch mein erster Anlaufpunkt, wenn ich Ava wäre."

Lenna und Tim liefen suchend den Strand entlang und schlängelten sich zwischen Strandkörben und spielenden Kindern hindurch, während die Sonne ihre Rücken wärmte. Wären sie nicht eigentlich hier gewesen, um eine verschwundene Freundin zu suchen, wäre sicher so etwas wie Urlaubsstimmung aufgekommen. Sie redeten kaum, doch die Stille zwischen ihnen war gar nicht peinlich. Sie fühlte sich sogar sehr schön an. Lenna fühlte sich wohl in Tims Nähe. Es waren überhaupt keine Worte nötig. Mittlerweile hatte auch Tims Handy schon zigmal gepiept, doch er ließ sich davon gar nicht aus der Ruhe bringen. Je länger sie suchten, jede Bank abscannten und die Promenade abliefen, desto unruhiger wurde Lenna jedoch. Tim schien das zu spüren, denn er griff behutsam nach ihrer Hand und sagte: „Wir finden sie bestimmt gleich. So schnell verschwindet doch niemand!" Er lächelte und in seinen Augen spiegelte sich die Sonne.

110

Lenna konnte es kaum fassen. Er war unglaublich süß. Sie liefen durch den Sand zwischen zwei Strandkorbreihen entlang, als Tim plötzlich stehen blieb. Er drückte Lennas Hand. „Guck mal, da ist sie." Er deutete in Richtung eines Strandkorbs, der halb von einem anderen verdeckt wurde. Und dahinter saß Ava, mit geschlossenen Augen an die Rückwand angelehnt. „Ihr müsst bestimmt erst mal reden!", bemerkte Tim. Er ging Richtung Promenade, drehte sich aber noch mal um. „See you", formten seine Lippen, bevor er endgültig verschwand.

Wenn Lenna nicht gerade ein kompliziertes Gespräch mit ihrer besten Freundin vor sich gehabt hätte, wäre es jetzt wohl Zeit für einen kleinen verrückten Glückstanz gewesen. Stattdessen atmete sie tief durch und bahnte sich ihren Weg durch den feinen Sand direkt zu Ava. Lenna ging in die Hocke.

„Darf ich mich zu dir setzen?" Ava schreckte hoch. Verschiedene Gefühle spiegelten sich in kürzester Zeit in ihrem Gesicht wider, doch letztendlich überwog die Freude.

„Gerne", flüsterte sie.

Eine Weile saßen die Freundinnen stumm nebeneinander und ließen sich die Gesichter wärmen, bis Lenna die Stille durchbrach. „Da hast du dir aber einen schönen Platz ausgesucht! Und so gut versteckt. Da hätten wir ja noch lange nach dir suchen können."

„Du hast nach mir gesucht?" Ava richtete sich auf.

„Ja, was denkst *du* denn?"

„Ich weiß es auch nicht. Mensch, Lenna, es tut mir leid. Ich hab mich irgendwie verrannt und dachte, ich bin supersauer auf dich. Aber eigentlich hast du allen Grund, *mich* zum Abgewöhnen zu finden."

„Ach, Ava." Lenna legte ihrer Freundin einen Arm um die Schulter. „Ja, du bist mal wieder ins Drama abgedriftet. Aber du bist doch immer noch meine Ava. Ich hab mich einfach von dir im Stich gelassen gefühlt."

Ava sah Lenna direkt in die Augen. „Und damit hast du auch völlig recht. Und es ist irgendwie auch meine Schuld, dass Tim heute mit Mieke unterwegs ist. Wärst du zur richtigen Zeit im Aufenthaltsraum gewesen, hätte er sich bestimmt für dich entschieden."

Lenna grinste. „Er ist nicht mit Mieke unterwegs. Jedenfalls nicht bis eben."

„Was meinst du damit?"

„Wir haben dich zusammen gesucht. Er hat mich nach unserem Streit getroffen und da muss ich ziemlich fertig ausgesehen haben. Und, na ja, da hat er angeboten, mir zu helfen."

„Yes!", rief Ava und ballte triumphierend die Faust.

„Außerdem hat er angedeutet, dass ihn Mieke nervt."

„Das wird ja immer besser!", rief Ava fröhlich, bevor ihre

Mundwinkel wieder nach unten sackten. „Siehste, du brauchst mich doch gar nicht! Das kriegst du allein sowieso viel besser hin." Das hatte sie zwar halb im Spaß gesagt, aber Lenna wusste, dass ihre Freundin noch ganz schön aufgewühlt war. Sie war eben eine Drama-Queen und nahm sich alles immer sehr zu Herzen. Aber Lenna mochte ihre Freundin nun mal so, wie sie war.

Zwei Bedürfnisse buhlten jetzt um Lennas Aufmerksamkeit. Einerseits wollte sie Zeit mit Ava verbringen und gemeinsam genießen, dass alles wieder gut wurde. Andererseits würde sie am liebsten sofort zu Tim rasen, um sich bei ihm zu bedanken und um ihm einfach nah zu sein. Welchem Bedürfnis sollte sie nachgeben?

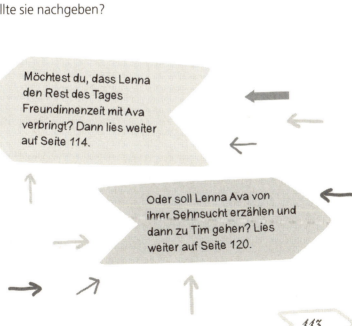

Möchtest du, dass Lenna den Rest des Tages Freundinnenzeit mit Ava verbringt? Dann lies weiter auf Seite 114.

Oder soll Lenna Ava von ihrer Sehnsucht erzählen und dann zu Tim gehen? Lies weiter auf Seite 120.

Besser spät als nie

„Na ja, genau genommen bin ich heute mit Tim doch wegen dir losgezogen. Und jetzt machen wir es uns schön, okay?"

„Gerne", antwortete Ava erleichtert. „Vorhin hat Shaun mir eine total süße Nachricht geschickt. Luis und er machen jetzt die Fotos für unsere Gruppe."

„Super von ihm. Das heißt, wir haben Zeit! Also los!" Lenna reichte Ava die Hand, um sie hochzuziehen.

Ava griff danach und stand schwungvoll auf. „Danke! Niemand versteht mich so gut wie du." Sie drückte Lenna fest an sich.

Den Rest des Tages verbrachten die beiden am Strand. Sie liefen barfuß durch das seichte Wasser, aßen gleich zweimal ein Eis und schmiedeten Pläne bezüglich Tim und Shaun für den Rest der Klassenfahrt.

Als die Freundinnen am späten Nachmittag zur Herberge

zurückkehrten, spielten fast alle Jungs ihrer Klasse gerade Fußball. Als sie endlich fertig waren, blieben sie allerdings als Gruppe zusammen und stürmten lärmend das Haus. Tim nickte Lenna lächelnd zu, die neben Ava am Rand der Wiese saß, bevor er zu seinen Jungs aufschloss. Die Fußballer verabredeten sich für die Zeit nach dem Abendessen, denn ein Teil der Gruppe verlangte eine Revanche und somit ein neues Match.

Leider zog sich dieses Gruppengefüge durch die restlichen Tage, und Lenna traf nie allein auf Tim. Ava ging es ähnlich

mit Shaun. Sie flirteten zwar, aber meistens nur aus der Ferne. Eigentlich hatten Lenna und Ava sich das ganz anders vorgestellt, als sie im Sonnenschein am Strand ihre Pläne geschmiedet hatten.

Am Morgen des Abfahrtstages packte Lenna lustlos ihre Klamotten zusammen. Weder hatte sie Lust darauf, wieder ganz normal zur Schule gehen zu müssen, noch wollte sie einsehen, dass sie aus den schönen kleinen Momenten mit Tim nicht mehr gemacht hatte.

Auch Frau Edelmaier hatte nicht ansatzweise so gute Laune wie in den letzten Tagen. Vielleicht hatte sie es eilig, nach Hause zu kommen. Erst dauerte ihr die Schlüsselabgabe in der Jugendherberge viel zu lange, dann scheuchte sie ihre Schüler in den Bus und wies sie dazu an, sich zügig einen Platz zu suchen. Linus und Luis standen sich vor dem Bus gegenüber und stritten um etwas, das mit Fußball zu tun hatte.

Ava rollte mit den Augen und zog Lenna mit sich in den Bus. Die beiden ergatterten eine Reihe im hinteren Drittel. Kurze Zeit später erschienen Tim und Shaun im Gang und suchten sich genau die Reihe neben Lenna und Ava aus. Da Lenna am Gang saß und Tim auch, saßen sie sozusagen nebeneinander. Lennas Puls klopfte im Dauerbeat. Ava stieß verschwörerisch ihr Bein an und nickte unauffällig in Tims Richtung. Der hatte Lenna zwar zugelächelt, als er sich hinsetzte, jetzt schien er aber in ein Gespräch mit Shaun vertieft. Endlich kamen auch Linus und Luis schlecht gelaunt in den Bus gestolpert und mussten die letzte freie Sitzreihe direkt hinter Frau Edelmaier und Herrn Becker nehmen.

Als der Bus losfuhr, kramte Lenna nach Ideen, wie sie am besten mit Tim ins Gespräch kommen konnte. Sollte sie einfach direkt den Vormittag ansprechen, an dem sie Ava gesucht hatten? Doch Tim kam ihr zuvor. Er beugte sich zu ihr herüber. „Du, Lenna, ich hab eine Frage, also eigentlich möchte Shaun gerne wissen, ob wir nicht einfach die Plätze tauschen wollen." Seine Wangen röteten sich leicht. Shaun grinste und blickte fragend in Avas Richtung.

Wie immer war Ava spontaner als Lenna. „Na klar!" Sie gab Lenna einen kleinen Schubs, um ihr deutlich zu machen, dass sie aufstehen sollte. Lenna erhob sich unsicher, im selben Moment verließ auch Tim seinen Sitz, dabei stützte er sich mit der Hand auf Lennas Kopflehne ab, an der sie sich gerade hochzog. Ihre Hände berührten sich einen kurzen Moment lang und ein heftiger, aber wohliger Stromstoß jagte durch Lennas Körper. Sobald der Weg frei war, rückte Shaun zu Ava durch, und Lenna, die keinen Moment länger auf dem

Gang stehen wollte, nahm mit Anlauf auf dem vorgewärmten Sitz am Fenster Platz, auf dem eben noch Shaun gesessen hatte. Tim setzte sich zu ihr. Sofort kam eine Durchsage durch das quäkende Mikrofon von Frau Edelmaier: „Während der Fahrt bitte nicht aufstehen!"

Tim lachte und Lenna stimmte mit ein. „Ich frag mich schon den ganzen Tag, was mit der eigentlich los ist", entfuhr es Lenna.

„Echt, das Nachhause-Beamen ist nun mal noch nicht erfunden, da können wir aber auch nichts dafür", entgegnete Tim. Dann wurde sein Blick sanft, aber durchdringend. „Ich bin übrigens froh, dass du dich mit Ava wieder vertragen hast."

Lenna spürte ein solch starkes Puckern in ihrem Hals, dass sie meinte, Tim müsste es deutlich sehen können. „Ich auch. Und eigentlich hab ich mich die ganze Zeit gar nicht dafür

bedankt, dass du mir geholfen hast, sie zu finden." Bei den letzten Worten war ihre Stimme immer schwächer geworden. „Danke", hauchte sie.

„Gern geschehen. Ich hab es genossen." Tim legte seine Fingerkuppen vorsichtig auf Lennas Hand und streichelte über ihre Fingerknöchel. Ein schneller Blick zu Ava und Shaun zeigte, dass auch die beiden sich nähergekommen waren, denn sie lächelten sich verliebt an.

Besser spät als gar nicht, dachte Lenna und war mehr als dankbar, dass sie so kurz vor dem Ende der Fahrt endlich doch noch eine Chance mit Tim geschenkt bekommen hatte.

Ende

Nächste Station: Wolke 7

„Eigentlich hast *du* uns dazu verholfen, dass wir uns mal ein bisschen näherkommen. Wenn ich dich nicht gesucht hätte, wäre auch mit Tim alles anders gelaufen."

„Lieb, dass du das so siehst." Avas gekräuselte Stirn entspannte sich. Lenna drehte die Worte in ihrem Kopf hin und her, damit sie ihre Freundin nicht verletzte.

„Ich muss die ganze Zeit an Tim denken", setzte sie an. „Als er mich umarmt hat, da ist mein Herz aufgegangen, und jetzt, hach, wie soll ich das sagen, fühlt es sich noch mehr zu Tim hingezogen."

„Das ist doch wunderbar!", freute sich Ava.

„Wenn ich ehrlich bin, würde ich am liebsten sofort zu ihm gehen und mich bedanken. Und da das heute der einzige richtig freie Tag ist, könnte ich dann gleich noch etwas mit ihm unternehmen. Gut, er hat seine Fotogruppe, aber so ganz angetan war er von der ja sowieso nicht."

Lenna schaute Ava vorsichtig von der Seite an. Die senkte ihren Blick einen Moment lang, und Lenna war schon drauf und dran, ihren Plan wieder zu verwerfen, als Ava sie endlich anlächelte.

„Natürlich solltest du zu Tim gehen, und zwar schnell, bevor Mieke es tut. Und weißt du was? Ich schreib gleich mal Shaun eine Nachricht und frage ihn, ob er doch noch an einer gemeinsamen Fotogruppe interessiert ist. Von mir aus könnte das Thema dann *Shaun und Ava* sein, das würde doch viel für eine Fotoserie hergeben." Ava umarmte ihre Freundin. „Nun aber los! Ich bleibe erst mal hier, bis Shaun geantwortet hat. Viel Glück! Wir sehen uns später!"

„Bis dann", rief Lenna noch, dann rannte sie los, um sich auf die Suche nach Tim zu machen. Doch sie musste gar nicht lange Ausschau halten, denn Tim hatte an der Ecke der Straße, die vom Strand zur Herberge führte, auf sie gewartet. Er lehnte an einem Laternenpfahl und grinste breit, als Lenna aus dem kleinen Strandweg schoss. „Oh!", keuchte sie nur und kam etwas unelegant zum Stehen.

„Wie sieht's mit Ava aus?", erkundigte sich Tim.

„Gut! Wir konnten alles klären! Aber ich wollte sofort zurück zu dir." Die Worte hingen in der Luft. Sie war sich einen Moment lang unsicher, ob sie sich jetzt zu weit vorgewagt hatte.

„Und ich habe auch gehofft, dass du schnell zurückkommst", sagte Tim endlich und löste damit die seltsame Spannung.

Sie standen sich gegenüber, und Lenna verlor sich in Tims hellblauen Augen, die ihr einen wohlig warmen Schauer über den Rücken jagten.

„Wollen wir am Strand spazieren gehen? Das Wetter ist doch echt der Hammer", bemerkte Tim.

„Ja! Aber wo ist eigentlich deine Gruppe?"

„Ach, keine Ahnung. Die hat sich aufgelöst, bevor sie überhaupt ein einziges Mal zusammengekommen ist. Linus hat irgendeinen komischen Streit mit Luis, und Mieke, na ja, die war vorhin kurz hier."

Bei Tims Worten spürte Lenna einen kleinen Stich im Magen. „Und dann?"

„Na ja, ich hab ihr mitgeteilt, dass ich erst auf dich warten will, und da ist sie wieder abgezogen. Ich hatte ihr angeboten, mit mir zu warten, aber das wollte sie nicht."

Lenna konnte ein Grinsen nicht unterdrücken. Das, was sie eben gehört hatte, schenkte ihr einen Mutschub. Sie griff nach Tims Hand und zog ihn sanft mit sich, zurück zum kleinen Strandweg. Er folgte ihr mit einem glücklichen Lächeln auf den Lippen.

Sie schlenderten Hand in Hand über den Strand, redeten, lachten und genossen die salzige Luft. Es war genau wie in Lennas Wunschtraum und kam ihr fast schon unwirklich vor.

Am Abend berichtete sie Ava bis in alle Einzelheiten von ihrem Nachmittag. Und auch Ava schwärmte ausgelassen von Shaun, doch plötzlich wurde ihre Stimme leiser und geheimnisvoll. „Ich muss dir noch etwas erzählen."
„Uh, und was?"
„Wir haben uns geküsst. Heute, am Strand. Es hat sich einfach so ergeben. Und es war total schön."

„Wow, wie toll. Ich war ein paarmal kurz davor, Tim einfach so zu küssen, hab mich aber natürlich nicht getraut. Ich hatte Angst, dass er es nicht möchte. Sonst hätte er doch vielleicht den ersten Schritt gemacht?"
Ava stemmte die Hände in die Hüften. „Spinnst du? Da kannst du dir sicher sein, dass er dich gerne küssen würde, aber vielleicht geht es ihm umgekehrt genauso. Er wartet bestimmt lieber ab, um sich ganz sicher zu sein, dass es der richtige Zeitpunkt ist und er sich nicht blamiert."
Lenna dachte kurz nach. „Ja, vielleicht hast du recht."
„Wir haben noch genug Zeit, zum Glück stehen wir noch ganz am Anfang der Klassenfahrt."

Aber es war wie mit allem, was besonders schön war. Es fühlte sich an, als würde einem die Zeit durch die Finger rinnen. Lenna genoss zwar jeden Moment mit Tim, aber zu einem Kuss kam es die ganze Klassenfahrt über nicht.

Am letzten Tag fragte Tim Lenna, ob sie vor dem Abendessen noch an den Strand gehen wollten. „Das Meer müssen wir schließlich noch genießen, solange wir es quasi direkt vor der Nase haben!"

Die beiden spazierten Hand in Hand am Wasser entlang. Die Schönwetterwolken am Himmel passten bestens zu Lennas Stimmung, und eine, fand Lenna, sah aus wie ein großes Herz.

„Wollen wir heute mal einen anderen Weg zurückgehen?", fragte Tim.

„Na klar, warum nicht?"

Sie bogen von der Promenade aus in einen kleinen Weg ab. Dort lagen in unregelmäßigen Abständen große Steine, auf die Lenna hüpfte, ohne Tim loszulassen. Beim letzten angekommen, drückte Tim ihre Hand und hinderte sie sanft daran herunterzuspringen. Lenna stand auf dem Stein genau auf einer Höhe mit Tims Gesicht. Er kam ganz nah an sie heran, sodass sich ihre Nasen fast berührten. Lenna stützte sich auf

seinen Schultern ab, denn sie
fürchtete, sonst vor lauter
Herzrasen ohnmächtig zu
werden und herunter-
zufallen. Tim schloss
die Augen und küsste
Lenna ganz sanft. Seine
Lippen waren wolken-
weich. Lenna schloss die
Augen und fühlte sich, als würde
sie gerade direkt auf die Herzwolke über ihnen zuschweben.

HACH
JUHU
HERZKLOPF

Tim und Lenna sind auf
Wolke 7! Ob das wohl auch so
bleibt? Du erfährst es, wenn du
auf Seite 50 weiterliest.

Zickenalarm

Ava stellte ihr Tablett ab und wollte den Raum verlassen, ohne sich noch einmal umzudrehen. Doch Lenna beschleunigte ihren Schritt und konnte sie noch einholen. Sie tippte Ava auf die Schulter. „Jetzt warte mal, wir müssen reden! Lass uns bitte in den Gang rausgehen. Da ist doch diese kleine versteckte Sitzecke, da haben wir ein bisschen Ruhe."

Ava nickte nur und folgte Lenna stumm. Sie setzten sich an den Tisch, und Lenna versuchte, die richtigen Worte zu finden. „Ich finde es schade, dass wir in zwei verschiedenen Zimmern gelandet sind. Wirklich! Allerdings finde ich es auch schade, dass es keinen Moment lang eine Option für dich war, mir zuliebe einen Kompromiss einzugehen."

Ava schwieg, hörte Lenna aber aufmerksam zu.

„Das mit Tim ist mir echt wichtig, und wenn wir auf demselben Gang wohnen, dann habe ich viele kleine Möglichkeiten, ihn einfach mal locker anzusprechen. Das heißt nicht, dass du mir nicht wichtig bist!"

Ava sagte noch immer nichts, nickte aber.

„Unsere Freundschaft bleibt doch, wie sie ist, auch wenn wir jetzt eine Woche kein Zimmer teilen. Obwohl es auch noch die Möglichkeit für dich gäbe, umzuziehen. Bei uns ist noch ein Bett frei!" Lenna lächelte ihre Freundin einladend an.

„Hach, Mann, das hätte ich von Anfang an machen sollen. Es tut mir leid. Manchmal reagiere ich nun mal erst und denke dann. Und weil ich mich so über mich ärgere, wird es danach auch nicht besser." Ava ließ die Schultern hängen. Als jedoch kurz darauf Shauns Stimme über den Gang schallte, hob sie ihren Kopf und lächelte sogar ein bisschen. „Ich hab mit den anderen beiden Mädels ein Zimmer gegenüber von Shaun und den anderen Jungs ergattert. Wir sind uns in der kurzen Zeit schon zweimal über den Weg gelaufen und heute Abend wollen wir uns heimlich im Abstellraum treffen. Marie und Rabea haben sich irgendwie total gefreut, als ich sie fragte, ob ich mit in ihr Zimmer darf."

Lenna überlegte eine Weile. „Ava, weißt du was? Warum lassen wir nicht alles so, wie es jetzt ist. Auf diese Weise bist du Shaun nah und ich Tim, und wir beide haben in zwei Zim-

127

mern je ein freies Bett, auf dem wir uns zum Quatschen treffen können. So können wir die *Aktion Tim und Shaun* von zwei verschiedenen Etagen aus aufrollen."

„Bist du sicher? Fühlst du dich denn mit Merle und Lina wohl? Ich meine, die sind doch die meiste Zeit im Zweiergespann unterwegs."

„Das stimmt zwar, aber wir sind doch auch die wenigste Zeit auf dem Zimmer. Das passt schon! Abgemacht?"

„Abgemacht." Ava herzte Lenna und flüsterte: „Danke!"

In den nächsten Tagen war die Tim-Trefferquote zwar tatsächlich dadurch erhöht, dass Lenna auf beiden Etagen unterwegs war und Tim wegen seiner eigenen Freunde ebenso, allerdings hieß das noch immer nicht, dass dadurch automatisch irre romantische Momente aufkamen. Im Gegenteil. Zudem fühlte Lenna sich ohne Ava doch etwas einsam in ihrem Zimmer, besonders wenn sie nicht einschlafen konnte. Und das war meistens der Fall, weil ihr besonders abends immer so viel durch den Kopf ging. Vor allem in der Nacht, als ein Sturm gegen die Fenster drückte und pfeifend unter den Türschlitzen durchsauste, hätte Lenna sich gewünscht, Ava in ihrer Nähe zu haben.

Am nächsten Morgen merkte man auch Frau Edelmaier an, dass sie wenig geschlafen hatte. „Nach dem Frühstück brechen wir zum Wattenmeer-Besucherzentrum auf. Und passenderweise gibt es dort auch einen Sturmraum, in dem man sich mal einen Orkan um die Ohren sausen lassen kann. Vom

Herbergsvater habe ich erfahren, dass es letzte Nacht meter-hohe Wellen gegeben hat. Wir haben aber Glück, denn ab heute Mittag soll es aufklaren und die Sonne kehrt zurück. Am frühen Nachmittag werden wir wieder hier sein und dann habt ihr den Rest des Tages für euch."

Murmeltier Ava, die vom Sturm in der Nacht gar nichts mitbekommen hatte, hätte viel lieber den ganzen Tag zur freien Verfügung gehabt. Als Frau Edelmaier allerdings im Vorraum des Wattenmeer-Zentrums eine Challenge bekannt gab, blitzten ihre Augen auf. Ava liebte Wettbewerbe. Lenna hingegen konnte darauf gut und gerne verzichten.

„Es gibt hier im Museum verschiedene Ausstellungsbereiche. Ich lese gleich jeweils drei oder auch vier Namen vor, die eine Gruppe bilden. Es geht nach euren Nachnamen im Alphabet. Ihr bekommt zu einem bestimmten Themenbereich vier Fragen, die ihr beantworten müsst – allerdings sind auch welche dabei, bei denen es um eure eigenen Ideen geht, nicht nur um Wissen. Das Wichtige ist, dass ihr die Antworten als Gruppe zusammentragt."

Nicht wieder so etwas, dachte Lenna noch, da rief Frau Edelmaier auch schon die Namen auf. „Marie Adler, Mieke Aumann, Tim Bartels und Lenna Brauer, ihr nehmt bitte das Thema *Gefahren im Watt*."

Frau Edelmaier drückte Tim die Fragen in die Hand, und er konnte nicht verbergen, dass er sich darüber freute. „Wollen wir direkt zu unserem Ausstellungsbereich gehen?" Mieke nickte übereifrig, Marie eher schüchtern.

Die ersten Fragen waren leicht, denn die Antworten waren ringsherum nachzulesen. Warum sollte man nicht allein ins Watt, wollte Frau Edelmaier zum Beispiel wissen. „Weil die Flut schneller aufläuft, als man vielleicht denkt", leierte Mieke herunter.

„Und weil man im Schlick tief einsinken kann. Und weil es Seenebel gibt, die manchmal innerhalb von kürzester Zeit aufziehen", ergänzte Tim.

„Soll ich das auf dem Antwortenblatt notieren?", fragte Mieke süßlich.

„Klar, hier!" Tim reichte ihr das Beiblatt. Lenna war sich nicht sicher, ob sie es sich eingebildet hatte, aber hatten sich ihre Hände da eben ein bisschen länger als nötig berührt? Vielleicht sah sie jetzt auch schon Gespenster.

Marie stand im Hintergrund und las eine Tafel, auf der die Geschichte eines im Watt Verunfallten geschrieben stand. Marie wirkte oft, als wäre sie in ihrer ganz eigenen Welt. Lenna glaubte aber, dass es da schön war. Sie mochte Marie, aber mehr als ein paar Sätze hatten sie noch nie gewechselt. Nachdem Mieke in feinster Schönschrift alles notiert hatte, verlas Tim die letzte Frage: „Stellt euch vor, ihr seid Wattführer und wollt eure Führung besonders ansprechend gestalten. Wie würdet ihr eure Tour aufbauen?"

Mieke stellte sich neben Tim. „Wir wären ein schönes Wattführerteam, oder? Das allein fände ich schon ansprechend."

„Für wen, fragt sich nur", rutschte es Lenna heraus, die keine Lust mehr hatte, ihre schlechte Laune zu verbergen.

Sie ignorierte Miekes trotzigen Blick. Lenna entging aber nicht, dass auch Tim sie stirnrunzelnd ansah. Erst jetzt wurde ihr bewusst, dass sie mit ihrem Spruch irgendwie auch ihn attackiert hatte, ohne es zu wollen.

Zum Glück lächelte Tim im nächsten Moment schon wieder. „Was hast du denn für eine Idee, Lenna?"

„Keine Ahnung, vielleicht würde ich ein paar Witze über Wattwürmer parat haben."

Marie kicherte, Mieke dagegen tat ganz erwachsen und rollte mit den Augen. Eine gemeinsame Antwort fanden sie letztendlich nicht wirklich, und Lenna kontrollierte lieber nicht, was Mieke da alles aufschrieb.

Auf dem Rückweg zur Herberge war Lennas Stimmung endgültig im Keller. Ava versuchte, sie zu beruhigen. „Das Team *Salzwiesen* war doch nicht gerade der Renner. Oh, Mann, dass Frau Edelmaier uns aber auch immer solche Spielchen aufdrücken muss, bei denen man unbedingt auch noch was lernt." Sie schüttelte den Kopf. „Wenigstens haben wir den Rest des Tages frei."

Und genau diese freie Zeit wollte Lenna nach dem verkorksten Vormittag gut nutzen. Sie stand kurz nach der Rückkehr vom Wattenmeerzentrum mit Lina, Merle, Marie und Ava auf dem Gang vor ihrem Zimmer, um zu beratschlagen, was sie jetzt machen wollten. „Mädelszeit am Strand klingt super!", trällerte Lina. In diesem Moment trat Tim mit einem Fußball unter dem Arm aus der Tür, warf ein Lächeln in die Mädchenrunde und lief zusammen mit Linus zum Ausgang. Shaun kam ihnen kurz darauf vom oberen Stockwerk aus nach. Dabei winkte er Ava strahlend zu, bevor er die nächsten Treppenstufen runterraste.

Lenna war hin- und hergerissen. Sie hatte gesehen, dass Mieke vor einer Weile mit Amelie in Richtung Promenade abgezogen war. Wenn sie also hierblieb, könnte sie vielleicht ungestört Zeit mit Tim verbringen. Andererseits war der ja gerade zum Fußballspielen aufgebrochen und sie wollte natürlich auch gern etwas mit den Mädels machen.

„Was meinst du, Lenna?", fragte Merle. Lenna zuckte unschlüssig mit den Schultern.

Möchtest du, dass Lenna in der Herberge bleibt, um endlich ganz ungestört von Mieke auf Tim zuzugehen? Dann blättere weiter zu Seite 134.

Oder findest du es besser, wenn Lenna einen Nachmittag mit den anderen Mädchen am Strand verbringt? Lies weiter auf Seite 138.

Tränen der Wut

Lenna räusperte sich. „Ich bin total müde. Ich könnte mir gut vorstellen, einfach hierzubleiben."

„Das verstehe ich, ruh dich ein bisschen aus", sagte Ava und zwinkerte Lenna zu. „Wir sehen uns später!"

Lenna begleitete Ava und die anderen noch bis zur Tür, dann sah sie ihnen nach, bis sie in die Straße abgebogen waren, die zum Strand führte.

Tim spielte bereits mit Linus und ein paar anderen Jungs Fußball. Natürlich wollte Lenna ihn nicht zu auffällig beäugen, sie hielt sich aber in Sichtweite auf. Wenn die Jungs mit dem Spielen fertig waren, würden sie auf dem Rückweg zum Haus an ihr vorbeikommen. Und dieses Mal würde Lenna nicht wieder einfach schweigen, sondern sich einen Ruck geben und etwas zu Tim sagen.

Lenna wartete bereits so lange, dass ihr langweilig geworden war. Die Jungs hatten eine Riesenausdauer, wenn es um Fußball ging. Endlich schlenderten sie von der Wiese zurück in Richtung der Bank, auf der Lenna saß und Bilder in ihrem Handy sortierte.

Die ganze Zeit über hatte sie sich Worte zurechtgelegt, doch jetzt, wo die ganze Gruppe auf sie zukam, war sie plötzlich aufgeregt. Trotzdem stand sie auf und ging auf Tim zu. „Hi, toll habt ihr da gespielt." Oh Mann, wirklich? War ihr in der ganzen Zeit nichts Cooleres eingefallen? Reiß dich zusammen, ermahnte sich Lenna. Tim lächelte kurz, sein Gesichtsausdruck änderte sich allerdings schlagartig, als Linus und ein paar der anderen Jungs lachten.

„Das konntest du doch gar nicht sehen von der Bank aus! Außerdem verstehst du nichts von Fußball, oder?", rief Marek, der Klassenclown, der so groß und breit war, dass er immer als Torwart herhalten musste. Wenn dies ein schöner Traum gewesen wäre, hätte Tim sich jetzt für Lenna eingesetzt, doch das tat er leider nicht.

„Wir gehen dann mal rein", nuschelte Linus. Tim folgte seinen Freunden.

„Was will die denn? Hast du nicht gestern Mieke geküsst?", fragte Marek so laut, dass Lenna es nicht überhören konnte. Tim drehte sich noch mal zu ihr um, vielleicht um zu checken, ob sie es mitbekommen hatte.

Eine weitere Reaktion blieb aus, aber das war Lenna auch egal. Ihr reichte es. Eine heiße Wutträne lief ihr über die Wange. Erst verpasste sie wertvolle Zeit am Strand mit den Mädels, und dann ließ Tim sie ohne ein Wort einfach stehen. Oh, sie war so blind gewesen. Heute Vormittag im Museum hätte ihr doch alles klar sein müssen, nachdem sie ihn und Mieke erlebt hatte, aber sie hatte es einfach nicht wahrhaben wollen.

Ava, die kurz vor dem Abendessen gut gelaunt mit den anderen vom Strand zurückkehrte, war auf einen Schlag stinksauer. „Wie kann er es wagen, dich so zu behandeln?", brauste sie auf. Das war ein bisschen übertrieben, denn vielleicht war ihm bisher gar nicht wirklich klar gewesen, wie Lenna empfand. Aber trotzdem hatte Ava auch recht, denn ganz korrekt war sein Verhalten nicht gewesen, jedenfalls nicht im Geringsten so einfühlsam, wie sie es von ihm erwartet hätte.

In den nächsten Tagen bekam Ava ein immer schlechteres Gewissen, denn im Gegensatz zu Lenna und Tim lief es mit ihr und Shaun bestens. Sie hatte sich endgültig verliebt, und wenn Lenna Shaun so beobachtete, wenn er mit Ava zusammen war, galt das für ihn ebenso.

„Ich freue mich für euch, wirklich!", versicherte Lenna ihrer Freundin am letzten Abend, nachdem Shaun Ava liebevoll „Gute Nacht" zugerufen hatte, bevor er in sein Zimmer verschwand.

„Du bist einfach klasse, Lenna."

„Und du auch. Ich gehe jetzt runter, um die letzten Sachen in meinen Koffer zu schmeißen. Schlaf schön und träum von Shaun! Aber das machst du bestimmt sowieso."

Avas Wangen färbten sich rosa. „Gute Nacht", flüsterte sie glücklich, winkte und zog die Tür hinter sich zu.

Arme Lenna! Ob die Klassenfahrt für sie wohl noch ein gutes Ende nimmt? Wenn du das herausfinden möchtest, lies weiter auf Seite 56.

Ein besonderes Fundstück

Lenna musste nicht lange überlegen, als sie in die fröhlichen Gesichter ihrer Freundinnen schaute. „Ich komme auch mit! Bin gespannt, wie der Strand nach dem Sturm aussieht."

Die Mädchen meldeten sich offiziell bei Frau Edelmaier ab und machten sich gut gelaunt auf zum Strand. Es hatte tatsächlich aufgeklart und die Sonne strahlte vom Himmel.

Am Strand sah es ganz anders aus als am Tag zuvor. Die Strandkörbe waren in einiger Entfernung zum Meer zu Gruppen zusammengeschoben worden. Der Sand lag voll von Dingen, die angespült worden waren, Muscheln, Algenberge und dazwischen Müll. Weiter hinten richtete ein Bagger den Strand wieder für die Touristen her. Unzählige Möwen kreisten über den Köpfen der Mädchen und die Luft roch jetzt bei Ebbe extrem salzig.

Ava hakte sich bei Lenna unter, während Merle, Lina und

Marie vorwegliefen. Nach einer Weile waren sie in der Nähe des lärmenden Baggers angelangt und die schöne Meeresstimmung war dahin. „Wenn wir einfach weiterlaufen, erreichen wir dahinter noch einen kleineren Strand. Merle und ich haben ihn vorgestern entdeckt. Wollen wir da hingehen?", schlug Lina vor.

„Gute Idee, dort ist es vielleicht etwas ruhiger als hier", gab Ava zurück. „Ich will noch ein paar ganz besondere Muscheln finden oder einen Stein in Herzform, für Shaun", flüsterte Ava, und Lenna grinste. Selbst wenn sie so etwas finden würde, würde Lenna es sich gar nicht trauen, dieses besondere Fundstück Tim zu übergeben. Aber Ava und Shaun waren da eben schon einen Schritt weiter.

Um auf den kleinen Strand zu gelangen, mussten die Mädchen über ein paar größere Steine klettern. „Ist das euer Spezialweg?", fragte Lenna keuchend.

„Kann schon sein", flötete Lina, die so sportlich war, dass Lenna zwischen Bewunderung und schlechter Laune schwankte.

Merle kicherte. „Da hinten wäre auch ein richtiger Weg gewesen, aber das ist doch langweilig!"

Lenna seufzte und folgte den anderen, so schnell sie konnte.

Es stellte sich heraus, dass sich das Klettern sehr gelohnt hatte.

„Hier ist es schön!", freute sich Marie und ihre Augen funkelten.

„Das könnte doch unser Privatstrand werden", trällerte Ava. „Ah, guck mal, genial!", raunte sie Lenna zu, dann eilte sie zu einem großen, herzförmigen Stein, hob ihn auf und hielt ihn Lenna unter die Nase.

„Das ging aber schnell." Lenna knuffte ihrer Freundin in die Seite. „Vielleicht noch ein bisschen größer? So wie der Hinkelstein da drüben?" Sie zeigte auf ein großes, graues Etwas, das am Übergang vom Watt zum Strand lag. Plötzlich bewegte sich der Stein. „Hmm?", raunte Lenna und lief auf ihn zu, dabei rutschte sie fast auf einem kleinen Algenberg aus.

Ava hatte sich schon wieder auf die Suche nach einem vielleicht noch tolleren Mitbringsel gemacht und beachtete sie nicht. Die anderen untersuchten gerade einen Krebs.

Als Lenna am Riesenstein angekommen war, verlangsamte sie ihre Schritte. Denn der Stein hatte Augen. Es war ein kleiner Seehund! Er hob seinen Kopf, blickte Lenna aus großen, feuchten Augen an und gab ein herzzerreißendes Heulen von sich. Lenna zuckte zusammen. Das kleine Geschöpf sah so traurig aus, dass sie es am liebsten in ihre Arme geschlossen hätte. Sie wusste allerdings seit ihrer Wattwanderung, dass man Heuler niemals anfassen sollte und am besten sogar ausreichend Abstand hielt.

Die anderen waren inzwischen auch auf den Seehund aufmerksam geworden und kamen herbeigeeilt. „Oh nee, wie süß ist *der* denn?", rief Merle und ging auf ihn zu.

„Nicht anfassen!", brüllte Lenna, was ihr im nächsten Moment leidtat, denn sie hatte die süße Robbe mit den extrem langen Barthaaren nicht erschrecken wollen.

„So etwas Niedliches hab ich noch nie gesehen", schwärmte Ava.

„Los, kommt erst mal, wir setzen uns dahinten hin, wo wir vorhin rübergeklettert sind. So haben wir den Kleinen im Auge, stören ihn aber auch nicht", trommelte Lenna die Mädels zusammen.

Als sie sich im hinteren Teil des Strandes versammelt hatten, herrschte gedrückte Stimmung. Wieder gab der Seehund ein lang gezogenes Heulen von sich. Lina wirkte richtig mitgenommen. „Was machen wir denn jetzt? Eigentlich müssten

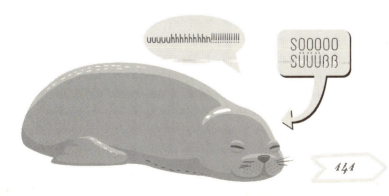

wir so langsam zurück, wenn wir pünktlich sein wollen. Aber wir können den Süßen doch nicht einfach ohne Hilfe allein zurücklassen? Der hat doch bestimmt seine Mutter verloren, oder?"

„Ich hab eine Gänsehaut", sagte Ava. „Dieses Schreien ist schrecklich. Der Arme!"

Lenna dachte nach. Ihr erster Impuls war, hier zu warten. Die Vorstellung, dass Hinki, so hatte sie ihn getauft, weil er erst wie ein Hinkelstein ausgesehen hatte, allein vor sich hinschrie, war unerträglich. Andererseits konnten sie auch nicht viel ausrichten, wenn sie einfach rumsaßen. Was sollten sie nur tun?

„Oh, jetzt bewegt er sich!", rief Ava.

Lenna sprang auf.

Findest du, dass die Mädchen die Zeit einfach ignorieren sollten, um Hinki weiterhin im Auge zu behalten? Lies weiter auf Seite 143.

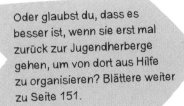

Oder glaubst du, dass es besser ist, wenn sie erst mal zurück zur Jugendherberge gehen, um von dort aus Hilfe zu organisieren? Blättere weiter zu Seite 151.

Sorge um Hinki

Lenna verrenkte sich fast den Hals. „Wo robbt Hinki denn jetzt hin? Los, wir gehen mit, damit wir ihn nicht aus den Augen verlieren! Lasst uns aber immer weit genug von ihm wegbleiben, okay? Sonst kommt die Mutter nicht, wenn sie uns bemerkt."

„Hoffentlich kommt sie auch wirklich bald zurück", stöhnte Marie.

Ava tippte etwas in ihr Handy, während sie den anderen folgte. „Ich schick mal eben Shaun eine Nachricht, was hier gerade los ist, und sag ihm, dass die in der Herberge sich keine Sorgen machen sollen, bevor mein Akku gleich leer ist. Es kann doch unter diesen Umständen nicht so schlimm sein, wenn wir mal nicht beim Abendessen dabei sind."

Endlich hatte Hinki sich dazu entschlossen, wieder eine Pause zu machen. Sie waren jetzt an einem schmaleren Strandstück angelangt, das von Touristen sicher nicht oft besucht wurde, weil es unbequem zu erreichen war.

Die Mädchen setzten sich an den Deich gelehnt nebeneinander und warteten ab. Plötzlich ertönte hinter ihnen ein Bellen und eine tiefe Männerstimme brüllte: „Harro, bleib!" Aber Harro, ein großer schwarzer Hund mit langen Schnauzhaaren, dachte überhaupt nicht daran, bei seinem Herrchen zu bleiben.

„Auch das noch!", entfuhr es Marie. Endlich war auch der Mann zu sehen. Er bemühte sich, so schnell wie möglich den Deich runterzuklettern.

„Nehmen Sie Ihren Hund an die Leine! Da vorne ist ein Heuler im Watt!", schrie Ava. Lenna stand auf und näherte sich dem Hund, der verspielt und aufgeregt hin und her hüpfte. Sie versuchte, ihn zu packen, doch kurz bevor es ihr gelang, sprang er davon. Noch hatte er Hinki anscheinend nicht wahrgenommen. Und das sollte auch so bleiben, sonst würde der kleine Seehund vielleicht einen Herzinfarkt erleiden. Er war schließlich schon verwirrt genug. Lenna erinnerte sich an den Hund ihrer Tante und dass der nicht mehr vor einem weglief, sobald man ihn ignorierte. Lenna setzte sich in der Nähe des Hundes in den Sand und legte die Arme über ihren Kopf, als würde sie sich verstecken. Einen Moment lang passierte gar nichts, dann raste der Hund auf Lenna zu und versuchte, ihr über das Gesicht zu schlecken. Lenna reagierte blitzschnell und packte ihn am Halsband.

Endlich war auch der Hundebesitzer bei ihr angelangt. Er ließ die Leine in den Ring am Halsband einschnappen. „Es tut mir leid", schnaufte er, für mehr reichte sein Atem nicht.

„Das war echt knapp", entgegnete Lenna.

„Er ist mir entwischt, als ich ihn oben an der Straße ins Auto lassen wollte." In diesem Moment schrie Hinki besonders kläglich. Ava, Lina, Merle und Marie hatten das Spektakel mit dem Hund aus einiger Entfernung beobachtet. Ava, die Angst vor Hunden hatte, näherte sich jetzt, da das schwarze Fellwesen an der Leine war.

„Lenna, du Hundeflüsterin! Das war super!" Sie klopfte ihrer Freundin anerkennend auf den Rücken.

Eine weitere Männerstimme wurde vom Wind zu ihnen herübergeweht. So langsam wurde es voll an dem kleinen Strand. „Da seid ihr also! Wisst ihr eigentlich, wie spät es ist?" Es war Herr Becker, und er sah ganz schön sauer aus. Normalerweise war er eher entspannt, aber seinem Gesichtsausdruck nach zu urteilen steckten die Mädels nun in Schwierigkeiten. Er baute sich vor Lenna und den anderen auf. „Was ist hier eigentlich los? Ich hab mich sofort auf die Suche gemacht, nachdem Shaun eure Nachricht bekommen hat."

Bevor die Mädchen antworten konnten, nahm der andere Mann sie in Schutz. „Seien Sie nicht zu streng mit ihnen. Sie haben den Heuler dahinten gefunden und ihn sogar vor meinem Hund gerettet, der sich losgerissen hatte." Als würde Hinki das Gesagte unterstreichen wollen, heulte er aus Leibeskräften, und der Gesichtsausdruck ihres Lehrers wurde sofort weicher.

„Ihr könnt mir alles im Auto erzählen. Ich hab mir den Kleinbus vom Herbergsvater geliehen."

Die Mädchen rückten zusammen. „Aber erst wollen wir, dass Hilfe kommt!", sagte Ava bestimmt. Die anderen nickten. Der Mann mit dem Hund warf den Mädchen einen beeindruckten Blick zu, verabschiedete sich und machte sich auf den Weg zurück zu seinem Auto. Herr Becker wollte gerade antworten, da robbte Hinki schon wieder ein Stückchen weiter.

„Bitte, Herr Becker." Lenna sah ihn flehend an.

Er zückte sein Handy. „Wir rufen die Seehundstation an, die werden uns bestimmt sagen können, was wir jetzt am besten tun sollen. Er tippte eine Weile in seinem Telefon herum, um die Nummer herauszufinden, dann gab er es Lenna. „Hier, am besten sprichst du mit denen."

Lenna war ein bisschen aufgeregt, versuchte aber, der Frau am anderen Ende ganz genau zu erklären, was vor sich gegangen war und wo genau sie sich befanden.

„Okay, Lenna, richtig?"

„Ja!"

„Ich habe alles genau notiert und werde sofort den Seehund-

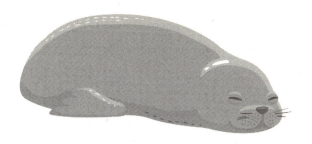

beauftragten informieren. Er wird den Bereich um, wie hast du ihn genannt?"
„Hinki!"
„Genau, er wird den Bereich um Hinki herum absperren, als Ruhezone, damit die Mutter die Möglichkeit hat, zurückzukehren. Wenn sie das nicht tut, wird der Kleine untersucht, und wenn er kräftig genug ist, zu uns transportiert."
Lenna schluckte. „Und wenn er nicht kräftig genug ist?"
Die Frau am Telefon machte eine kleine Pause und sprach sehr sanft weiter. „Wenn er schwer krank ist und seine Mutter ihn deshalb zurückgelassen hat, würde sich der Seehundbeauftragte gezwungen sehen, ihn einzuschläfern." Lenna stiegen Tränen in die Augen. „Das ist aber sehr unwahrscheinlich, denn wir hatten ja gestern Nacht einen Sturm und dabei wurden Mutter und Kind sicherlich getrennt. Mach dir keine Sorgen, Lenna, okay? Wir sprechen morgen. Bis dann!"
Lenna versuchte, sich zusammenzureißen, und erklärte den anderen, was die Frau ihr gesagt hatte.
Herr Becker war mittlerweile gar nicht mehr böse auf die

Mädchen. „Hört zu, Mädels, dass ihr einfach so weggeblieben seid, geht natürlich gar nicht. Wenn ihr schon allein Ausgang bekommt, müssen wir uns auch auf euch verlassen können. Ich bin allerdings sehr stolz auf euch, wie ihr das mit dem kleinen Seehund gemacht habt. Ich verspreche euch, dass wir morgen sofort in Erfahrung bringen, wie es weitergegangen ist." Die Mädchen trotteten zum Auto.

In der Herberge gab es den Rest des Abends nur ein Thema: Hinki und die verschwundenen Mädchen. Lenna musste die Geschichte gleich mehrmals erzählen. Frau Edelmaier war anfangs natürlich ziemlich verärgert, aber genau wie Herr Becker zeigte sie sich beeindruckt vom Engagement der Mädchen, nachdem sie die ganze Geschichte gehört hatte.

Lenna wälzte sich in dieser Nacht von einer Seite zur anderen. Immer wieder musste sie an die Riesenaugen des kleinen verlassenen Heulers denken.

Am nächsten Morgen brachen die Mädchen gleich nach dem Frühstück zu der Stelle auf, wo sie Hinki gestern das letzte Mal gesehen hatten. Aber da war weit und breit kein Seehund. Lenna war schon richtig übel vor

Sorge. „Hoffentlich hat seine Mutter ihn abgeholt. Oder wenigstens jemand von der Seehundaufzuchtstation." Ava nickte nur.

Lenna und die anderen hatten es eilig, zur Herberge zurückzukommen, denn für mittags hatten sie mit der Frau von der Station ein Telefonat vereinbart.

Frau Edelmaier kam den Mädchen schon vor dem Eingang entgegen. „Gute Nachrichten! Hinki ist in der Seehundstation in Sicherheit! Und wir haben unser Programm für heute ein wenig geändert. Wir werden Hinki am Nachmittag dort besuchen und eine kleine Führung durch die Anlage erhalten."

Lenna wusste gar nicht, wie ihr geschah. Eine warme Glückswelle schwappte über ihren Körper hinweg. Die Mädchen fielen sich in die Arme.

In der Seehundstation waren neben Hinki, der noch in Quarantäne war, auch noch viele andere niedliche Robben, die je nach Alter entweder mit der Flasche oder mit rohem Fisch gefüttert wurden, den sie in einem Stück runterschlangen. „Wenn sie ausreichend aufgepäppelt wurden, werden sie wieder in ihren Lebensraum ausgewildert", erklärte die Frau, mit der Lenna gestern telefoniert hatte, der Klasse.

Lenna war so fasziniert von dem ganzen Thema, dass sie an nichts anderes mehr denken konnte. Ava, Lina, Merle und Marie ging es ähnlich. Den Rest der Klassenfahrt über schmiedeten sie Pläne, wie sie am besten später eine eigene Tierschutzstation gründen könnten.

Das allererste Projekt für zu Hause sollte ein gemeinsamer Blog sein. Er sollte *Hinkis Blog* heißen und über Seehunde und das Watt informieren.

Die Mädchen waren durch die Erlebnisse so richtig zusammengewachsen und freuten sich darauf, sich von nun an öfter zu fünft zu treffen.

Ende

Ein Herz für Tierfreunde

„Vielleicht sollten wir doch ganz schnell zur Herberge zurückrasen und von dort aus Hilfe organisieren! Oder was meint ihr?" Lenna stand vor den anderen und hatte die Hände in die Hüften gestemmt.

„Ja, vielleicht wäre das nicht schlecht. Wenn Hilfe bestellt ist, dürfen wir bestimmt noch mal herkommen, um nach Hinki zu sehen", bemerkte Ava.

Die fünf Mädchen schafften den Weg zurück mindestens in der Hälfte der Zeit, die sie für den Hinweg gebraucht hatten. Schnaufend kamen sie im Speisesaal an.

Das Abendessen war bereits in vollem Gange. „Ein bisschen spät!", rief ihnen Frau Edelmaier von einem Tisch aus zu. Lenna eilte zu ihr und erklärte ihr in Windeseile die ganze Situation.

„Oh, das ist wirklich aufregend. Ich werde mich gleich nach dem Essen darum kümmern!", versprach Frau Edelmaier.

„Aber wir haben uns extra so beeilt, damit der kleine Kerl schnell gefunden werden kann. Könnten Sie vielleicht sofort Hilfe für ihn holen?", fragte Lenna vorsichtig, und Ava neben ihr nickte bekräftigend.

Frau Edelmaiers Blick wanderte zwischen den Mädchen hin und her. „Ihr seid wirklich hartnäckig! Aber ich verstehe euch ja. Kommt mal mit." Sie erhob sich und ging mit den beiden zum Empfangstresen. Dort erzählten sie noch mal, worum es ging, und ein Mitarbeiter rief sofort die Seehundstation an.

„Sie hoffen, dass sie ihn finden, und bedanken sich", fasste er das Gespräch kurz zusammen.

„Sie hoffen?", entfuhr es Lenna. „Aber wir haben den Ort doch ganz genau beschrieben und es könnte doch jemand von denen sofort hinfahren!"

Frau Edelmaier legte Lenna beruhigend eine Hand auf die Schulter. „Die wissen, was sie tun. Es wird alles gut werden, und morgen wissen wir mehr!" Und nach diesen Worten ging sie zurück zum Abendessen. Das machte Lenna richtig wütend. Sie ärgerte sich darüber, dass sie nicht bei Hinki geblieben war. Vielleicht würde er jetzt so weit von der Fundstelle wegrobben, dass man ihn nicht mehr finden konnte, und sie war schuld daran.

Tim kam um die Ecke geschlendert und blieb direkt vor Lenna stehen.

„Ich geh auch mal eben was essen, mir ist ganz flau. Und dann planen wir weiter, Lenna, ja?", fragte Ava und zwinkerte ihrer Freundin zu.

„Was hat es denn mit dem Heuler auf sich?", fragte Tim, und Lenna berichtete von ihrem Nachmittag. Sie war so in Sorge um den kleinen Seehund, außerdem konnte sie seine großen traurigen Augen und sein Rufen nicht vergessen.

Tim kam ein Stück näher an Lenna heran. „Ich verstehe dich gut, aber ich bin mir sicher, dass er gerettet wird." Und dann nahm er Lenna ganz fest in seine Arme. Während sie so eng umschlungen dastanden, verlor Lenna jegliches Zeitgefühl. Wenn es nach ihr gegangen wäre, hätten sie für immer so dastehen können. Tims Nähe und sein Geruch nach Wind und Vanille beruhigten sie.

„Echt, große Klasse, wie du dich für das Seehundbaby eingesetzt hast", flüsterte Tim ihr ins Ohr. Auf Lennas Gesicht und Hals bildete sich eine Gänsehaut.

„Ich frage mich schon länger, wie es wohl wäre …", Tim löste sich behutsam aus der Umarmung und nahm Lennas Gesicht sanft in seine Hände.

Lenna spürte, wie sie den Boden unter den Füßen verlor und alles um sich herum vergaß, als Tim sie zärtlich küsste.

Die letzten Tage der Klassenfahrt verbrachte Lenna viel Zeit mit Tim. Wann immer der Zeitplan es zuließ, schaute sie zudem bei der Seehundstation vorbei. Hinki war tatsächlich gefunden worden und wurde nun aufgepäppelt. Und auch wenn Lenna ihn nur durch eine dicke Scheibe sehen konnte, weil er noch in Quarantäne war, so tat es doch gut, sich regelmäßig nach ihm zu erkundigen und zu wissen, dass er in guten Händen war.

Am letzten Abend versammelte sich die Klasse zur Abschluss-Diashow. Frau Edelmaier und Herr Becker hatten während der gesamten Klassenfahrt bei allen möglichen Aktionen Bilder geschossen, außerdem wurden die Bilderserien des Fotoprojekts gezeigt.

Das letzte Bild war eine Überraschung und rief gleichzeitig die größte Reaktion hervor. Ein Raunen ging durch die Reihen. Riesengroß war auf der Leinwand Hinki zu sehen, wie er von einem Pfleger mit der Flasche gefüttert wurde. Lenna saß neben Tim, Ava und Shaun in der hintersten Ecke des Raumes. „Wie ist das denn hierher gelangt?", fragte sie gerührt.

Tim lächelte glücklich. „Na ja, ich dachte, du würdest dich darüber freuen, und deshalb hab ich mit meinem Datenstick bei der Station vorbeigeschaut und von unserem Abschlussabend und von dir und Hinki erzählt, und da haben sie mir das Bild mitgegeben."

Lenna lehnte sich glückselig zu Tim herüber. „Danke", hauchte sie. Dann schenkte sie ihm einen langen Kuss.

Tim blieb den ganzen Abend dicht an ihrer Seite. Bevor sie lange nach der eigentlichen Nachtruhe in ihre Zimmer gingen, umarmte Tim Lenna, als wolle er sie nie wieder loslassen.

Der Augenblick war einfach der beste der ganzen Klassenfahrt, wenn nicht der beste überhaupt.

Und das war erst der Anfang, dachte Lenna und freute sich auf viele Tage wie diesen mit Tim.

Ende

HACH
JUHU
HERZKLOPF

Welcher Dating-Typ bist du?

Für welches Outfit entscheidest du dich beim ersten Date?
- 🐚 ☐ Natürlich für das neue Shirt, das ich mir extra für das Date gekauft habe!
- ✦ ☐ Mir ist das Outfit nicht so wichtig, also ziehe ich mich an wie immer.
- 🍎 ☐ Am besten bequem und sportlich, schließlich wollen wir etwas unternehmen!

Wie erträumst du dir dein erstes Date?
- 🐚 ☐ Wir bummeln durch die Stadt und teilen uns im Café einen riesengroßen Eisbecher.
- ✦ ☐ Wir machen einen langen Spaziergang und haben viel Zeit, uns zu unterhalten.
- 🍎 ☐ Wir treffen uns im Skaterpark. Das wird garantiert lustig!

Worauf freust du dich bei deiner nächsten Klassenfahrt am meisten?
- 🐚 ☐ Auf die große Party am letzten Abend. *Die* Chance, mit meinem Schwarm zu tanzen!
- 🍎 ☐ Auf die Ausflüge! Mal sehen, ob mein Schwarm auch so sportlich ist wie ich ...
- ✦ ☐ Auf die Zeit mit meinen Freundinnen. Wir werden die Nächte durchquatschen, jede Menge Spaß haben und verrückte Sachen machen.

Du möchtest dich gern mit deinem Schwarm verabreden. Wie gehst du vor?
- 🐚 ☐ Ich schicke ihm eine WhatsApp-Nachricht, natürlich zusammen mit einem süßen Selfie von mir!

- ☐ Ich spreche ihn einfach nach dem Unterricht an.
- ☐ Ich versuche, ihn ganz oft anzulächeln, und hoffe, dass er mich anspricht.

Wie sollte dein Traumtyp sein?
- ☐ Er sollte einen coolen Style haben und bei den Mädchen beliebt sein.
- ☐ Er sollte viel Humor und immer einen lockeren Spruch auf den Lippen haben.
- ☐ Man sollte sich gut mit ihm unterhalten können, auch über ernstere Themen.

Du begegnest deinem Schwarm zufällig. Was tust du?
- ☐ Ich winke, lächle ihm zu, gehe dann aber weiter. Bestimmt ist er mit seiner Clique verabredet.
- ☐ Ich begrüße ihn mit einer Umarmung und frage ihn, ob ich ihn zu einem Eis einladen kann.
- ☐ Ich frage ihn, ob er Lust auf ein Wettrennen mit unseren Longboards hat. Der Sieger darf sich etwas wünschen!

Wie verbringst du deine freie Zeit?
- ☐ Ich bin immer in Action!
- ☐ Ich bin oft mit meiner Kamera draußen in der Natur unterwegs.
- ☐ Ich gehe gern mit Freunden ins Kino.

Du bist mit deinem Schwarm verabredet. Doch dann ruft deine Freundin an und bittet dich, ganz dringend bei ihr vorbeizuschauen. Wie entscheidest du dich?
- ☐ Ich schicke meinem Schwarm eine Nachricht, dass ich leider nicht kommen kann. Beste Freundinnen gehen vor!
- ☐ Ich rufe meine Freundin erst mal an und frage, was los ist. Dann entscheide ich mich.
- ☐ Ich vertröste meine Freundin auf ein Gespräch am nächsten Schultag. Ein Date mit meinem Schwarm kann ich einfach nicht verpassen!

Deine Konkurrentin flirtet total offensichtlich und übertrieben mit deinem Schwarm. Wie reagierst du?

- ☐ Ich versuche, sie zu ignorieren und meinem Schwarm möglichst oft in die Augen zu schauen.
- ☐ Ich sage meiner Konkurrentin offen und ehrlich, dass ich ihr Verhalten total peinlich finde.
- ☐ Ich muss mir darüber keine Gedanken machen, denn ich weiß, dass mein Schwarm nur in mich verliebt ist.

Du bist auf Klassenfahrt. Am letzten Abend steigt eine Party. Wo findet man dich?

- ☐ Natürlich auf der Tanzfläche.
- ☐ Am Kickertisch – Mädels gegen Jungs!
- ☐ Überall! Denn ich werde von allem und jedem ganz viele Erinnerungsfotos schießen!

Ich habe

_____ mal ⭐

_____ mal 🦅

_____ mal 🍎

Auswertung:

Hauptsächlich ⭐:
Deine Freunde schätzen deine einfühlsame und verlässliche Art. Du verbringst lieber Zeit mit deiner Clique, als den neuesten Trends hinterherzujagen. Auch bei einem Jungen ist dir der Style nicht so wichtig, denn es kommt dir mehr auf die inneren Werte an. Warum nimmst du deinen Schwarm nicht einfach mal mit auf einen Spaziergang oder findest heraus, ob ihr vielleicht gemeinsame Interessen habt?

Hauptsächlich 🐚:
Zu deinem ersten Date machst du dich richtig schick. Schließlich willst du deinen Schwarm mit deiner Präsenz verzaubern. Du liebst es, zu flirten und im Mittelpunkt zu stehen. Aufregende Situationen lässt du auf dich zukommen, ohne dir groß Gedanken zu machen, und Entscheidungen triffst du meistens spontan. Aber vergiss vor lauter Spaß und Action deine Freundinnen nicht. Unternimm doch auch mal wieder etwas mit ihnen!

Hauptsächlich 🍎:
Dein erstes Date? Wird sicher aufregend! Du willst gemeinsam mit deinem Schwarm richtig was erleben. Im Skaterpark oder beim Kickertunier könnt ihr viel Zeit miteinander verbringen, ohne zu schnell in peinliche Situationen zu geraten. Aber du musst aufpassen, dass er dich nicht nur als Kumpel sieht. Nimm doch beim nächsten Treffen einfach mal seine Hand …

Ravensburger Bücher

1000 mal Herzklopfen und weiche Knie

Diese Bände sind bisher erschienen:

Habe ich			ISBN 978-3-473-
○	Band 1	Herzklopfen beim Schüleraustausch	52557-7
○	Band 2	Liebesalarm auf dem Tierhof	52558-4
○	Band 3	Gefühlschaos beim Chatten	52559-1
○	Band 4	Traumtyp am Filmset	52560-7

www.ravensburger.de